Sandra Schüen · Feuerherzen der Wache 60
Band 2: Inselsehnsucht

Das Leben von Sandra Schüen begann im Jahr 1983. Als Hamburger Deern wuchs sie als jüngere Schwester eines großartigen Bruders im Speckgürtel Hamburgs auf. Sie wollte damals entweder Bilanzbuchhalterin oder Hubschrauberpilotin werden. Im Berufsleben hat sie sich in der Welt der Zahlen, Daten und Fakten im Bankwesen wiedergefunden und engagiert sich seit nunmehr 20 Jahren in der Freiwilligen Feuerwehr. Die Leidenschaft fürs Schreiben entdeckte sie zusammen mit der Leselust an Romanen. Wenn sie nicht gerade am nächsten Band von Feuerherzen schreibt, schwingt sie den Pinsel in der Acrylmalerei. Über 260 Bilder gehören inzwischen in ihre Sammlung und werden gelegentlich lokal als Leihgaben ausgestellt. Ihr Zitat des Lebens: »Langweilig wird mir nie.«

FEUERHERZEN DER WACHE 60

Inselsehnsucht

Geschrieben von Sandra Schüen

Band 1 – Schwelbrand der Leidenschaft
Band 2 – Inselsehnsucht

Juli 2022
© 2022 Sandra Schüen
Layout, Satz & Umschlaggestaltung: Die BUCHPROFIS der
Buch&media GmbH, München
Umschlagvorderseite: Sandra Schüen
Autorenfoto: Sascha Denecke (www.sascha-digital.de)
Flammen Illustration: Freepik.com
Herstellung und Verlag: BoD – Books on Demand, Norderstedt
Printed in Germany

ISBN: 978-3-7562-4134-7

Mehr Infos unter: www.sandraschueen.de

DANKSAGUNG

Mein Schatz, du hast Geduld mit meiner Ungeduld, meinem Sturkopf und meinem einem Schleudertrauma gleichem Stimmungswechsel bewiesen. Respekt. Ich danke dir für deine Liebe, dass du für mich da bist und mir den Rücken zu jeder Zeit stärkst.

Auch möchte ich meinen Kameraden danken. Wir haben stürmische Zeiten hinter uns, doch euer Engagement kennt keine Grenze. Egal, wie schwierig und demotivierend die isolierenden Zeiten waren, ihr wart da. Ihr seid die besten Vorbilder, die ich mir wünschen und vorstellen kann.

Mädels, was ihr mir mit ganz viel Herz an den Kopf geworfen und um die Ohren gehauen habt, um dieses Buch perfekt zu machen, hat mir unheimlich geholfen. Tausend Dank!

Diese Geschichte ist entstanden, noch bevor ich das erste Mal einen Fuß auf die wunderschöne Insel Helgoland und dem kleinen Paradies Düne gesetzt habe. Zu der Zeit waren wir noch keine Verstärker. Meine einzigen Anhaltspunkte für dieses Buch war Google Maps. Nachdem nun der erste Einsatz auf der Hochseeinsel vergangen ist, habe ich meine Geschichte ein wenig den geografischen Gegebenheiten angepasst. Die eine oder andere künstlerische Freiheit habe ich mir jedoch herausgenommen. Was ich mit Fug und Recht aber sagen kann, ist, dass ein Teil meines Herzens diesen unglaublich schönen Inseln gehört. Und ich kann es kaum erwarten, das nächste

Mal einen Fuß darauf zu setzen. Inspiration beschreibt nicht mal ansatzweise das Gefühl, das mich durchflutet, wenn die 256 Stufen vom Jägerstieg hinter mir liegen, mir der Wind um die Ohren fegt und die Lummen tiefenentspannt am Klippenrand sitzen, ungeachtet der vielen Touristenblicke und Kameralinsen, die auf sie gerichtet sind.

PROLOG

»Komm schon! Atme, Junge, atme!«

Durchgefroren und nass bis auf die Knochen kniete Jo vor dem reglosen Körper, der von frostigem Nordseewasser getränkter Kleidung umhüllt war. Dem Wahnsinn nahe prasselten ihre Fäuste auf seine unbewegte Brust ein.

»Jetzt komm schon, du störrischer Idiot! Atme endlich, verdammt!«

Atemwolken, die sogleich vom Wind weggefegt wurden, entschwanden ungeachtet aus ihrem Blickfeld. Sie starrte auf ihn herab. Eiseskälte kroch Jo unter die Haut.

Und in ihr Herz.

»Nein! Ich lasse nicht zu, dass du gehst. Nicht jetzt und nicht so!«

Sie schlug ihm ins Gesicht, verzweifelt. Jo atmete stoßweise die bitterkalte Luft aus und fuhr mit der Herz-Lungen-Wiederbelebung fort. Sie hatte keine Zeit zu verlieren. Jede Sekunde zählte. Sie musste weitermachen. Ausruhen konnte sie sich, wenn sie tot war.

»Tu mir das nicht an. Bitte!« Ihre Lippen berührten sich. *Kalt wie Eis.* Ein Schluchzer stieg ihr die Kehle empor. Er kam nur bis zum Kloß im Hals, der ihr die Luft abzuschnüren drohte.

Das kleine Boot, auf dem sie sich befanden, schwankte. Wellen schlugen gegen den Bug, ließ sie wanken und zerrten an ihrem Verstand. Lockten sie auf die dunkle Seite des Wahnsinns. Eine tödliche Stille umgab sie, kein Kreischen von Möwen drang an ihr Ohr, keine

Motorengeräusche und keine verdammten Atemzüge unter ihr. Sie waren mutterseelenallein, trieben unter dem aufblitzenden Sternenfirmament auf der Nordsee, die Lichtschwerter des Leuchtturms in weiter Ferne zur Hochseeinsel Helgoland und der Nebeninsel *Düne*, im Winter. Die Sonne war hinterm Horizont verschwunden. Vom unendlichen Meer wurden die letzten Strahlen, die letzte Lichtquelle, verschluckt. Jo sah ihn im Dämmerlicht an.

So schrecklich bleich.

Leichenblässe?, zuckte es ihr wie Nadelstiche durch den Kopf. Sie verbot es sich, diesem Grauen auch nur eine Sekunde Raum zu lassen, geschweige denn zu akzeptieren.

Um keinen Preis der Welt!

Sie mobilisierte ihre letzten Kräfte, feuerte sich motivierend mental aufs Neue an und pumpte weiter.

»Fang an zu schlagen! Los! Komm schon!« Erneut drückte sie durch ihre kalten Lippen Atemluft in seine Lunge. Ihre Kräfte schwanden, tiefe Erschöpfung senkte sich wie ein unsichtbarer Bleiumhang über sie. Wie lange war sie jetzt dabei, ihn wiederzubeleben? Minuten? Stunden? Sie hatte jegliches Zeitgefühl verloren. *Wo blieb die Verstärkung?*

»Halte durch!«, rief sie sich selbst – und ihm zu.

Ihre Arme wurden taub, so wie allmählich der Rest des Körpers. Ihr Adrenalinspiegel holte alles aus ihr heraus, bis nichts mehr ging. Ihr Körper kam an seine Grenzen. Entzog ihr die Energie weiterzumachen. Schleichend hielt der Tod auf lautlosen Sohlen Einzug. Er kroch Jo langsam den Nacken hoch, sah ihr über die Schulter, geduldig das Ende ihrer Kräfte abwartend. Atemwolken umnebelten sie, auch wenn sie nichts mehr spürte. Nein, der Kampf endete erst, wenn sie es wollte! Und an dem Punkt war sie noch nicht gelangt. Sie durfte einfach nicht aufgeben. Niemals! Sie musste stark sein, für ihn. Für sie beide.

»Gottverdammt! Nicht aufgeben! Wir beide oder keiner! Hast du das verstanden, Dickkopf?«

EINS

Nach viel zu vielen Jahren stand Josefine, die von allen nur Jo genannt werden wollte, vor dem Haupteingang ihrer alten Feuerwehrwache. Erinnerungen aus Jugendfeuerwehrzeiten stiegen in ihr auf. Die besten Jahre hatte sie hier verbracht. Es waren schöne und unbeschwerte Zeiten. Ein Lächeln wanderte über ihre Züge.

Damals war noch ihre größte Sorge gewesen, ob sie ihrem heimlichen Schwarm auffiel. Der natürlich auch in der JF war. Er durfte auf keinen Fall wissen, dass sie auf ihn stand. Sie wollte nicht, dass er von ihren Gefühlen wusste, denn dann würde er sie nicht mehr so behandeln, wie alle anderen auch. Sie wollte nicht ausgegrenzt werden. Überzeugt davon, weit ab von seinem Mädchenradar zu stehen, war es ihr egal, dass sie seinem Ideal nicht entsprach, solange sie nur in seiner Nähe sein konnte.

Jo schmunzelte über ihr jugendliches ICH.

Wie heil und klein ihre Welt von damals war.

Sie hatte eine glückliche Kindheit. Ein bodenständiges und liebevolles Zuhause. Als Einzelkind hatte sie sich jedes Jahr vom Weihnachtsmann ein Geschwisterchen gewünscht. Viel später erfuhr Jo von ihren Eltern, dass es schon an ein Wunder grenzte, dass sie Jo überhaupt bekamen. Ihrer Mutter wurde in frühen Jahren ihrer Ehe prognostiziert, dass sie nur geringe Erfolgsaussichten auf ein Kind hätte. Die Bemühungen, Jo diesen Herzenswunsch zu erfüllen, blieben erfolglos.

Als Trost wuchs sie wohlbehütet, umsorgt und mit treuherzigen Haustieren auf. Zwei zuckersüße Katzendamen und ein sehr verschmuster Hund mit Schlappohren, die so lang waren, dass er ständig über sie stolperte. Jo war glücklich mit ihnen, auch wenn ihr ein sprechender Spielkamerad lieber gewesen wäre.

In früher Schulzeit kamen Feuerwehrleute zur Brandschutzerziehung in den Unterricht. Jo hörte zu Hause nicht mehr auf, davon zu erzählen. Ihre Augen leuchteten, sie wollte selbst zu ihnen gehören. Zur Feuerwehr gehen.

Ihre Eltern meldeten sie in der Jugendfeuerwehr an, sobald sie alt genug dafür war. Sie gehörte damit als erstes Mädchen dazu. Es war einfach großartig.

Nach kurzer Zeit gewöhnten sich die Jungs an sie und nahmen sie in der Gemeinschaft auf. Sie erlebte Sommerfahrten, lernte die Handgriffe, die die Großen bei Einsätzen draufhaben mussten. Voller Stolz absolvierte sie später die Leistungsspange, dem Eignungstest, durch den sie sich für den aktiven Dienst qualifizierte.

Als sie volljährig wurde, trat sie bei der nächsten Jahreshauptversammlung in die aktive Wehr ein. Ihr Traum wurde wahr. Mit einer großen Portion Tatendrang und dem Wunsch, anderen zu helfen, etablierte sie sich als vollwertiges Mitglied.

Sie besuchte Lehrgänge, nahm regelmäßig an den Diensten teil und sammelte Einsatzerfahrung.

Beruflich machte sie als Personalbetreuerin in einem internationalen Unternehmen Karriere. Ihr wurde angeboten, im Ausland eine befristete Zeit eingesetzt zu werden. Es war *die Chance* auf neue Erfahrungen, weshalb sie nach kurzer Bedenkzeit diesen Weg einschlug und zusagte. Es fiel ihr schwer fortzugehen, wenn auch nur für eine begrenzte Dauer. Sie musste für ihre eigene Weiterentwicklung diese Gelegenheit wahrnehmen, sonst würde sie sich später ärgern, den Weg nicht gegangen zu sein. Schweren Herzens ließ sie ihre Familie, Freunde und Kameraden zurück.

So sehr sie ihr Ehrenamt schon nach kurzer Zeit vermisste, konnte sie sich in ihrer neuen Heimat nicht überwinden, bei der dortigen Wehr einzutreten. Es fühlte sich für Jo an, als ob sie ihren Kameraden zu Hause in den Rücken fallen würde. In ihrem Herzen war nur Platz für eine Wache. Aus diesem Grund suchte sie sich einen anderen Weg, helfen zu können. Sie fand in der Ortschaft, in der sie unterkam, einen Verein, in dem Sie ehrenamtlich als Rettungsschwimmerin tätig werden konnte. Denn Schwimmen war neben der Feuerwehr ihre zweite große Leidenschaft. Sie durchlief die dafür erforderlichen Kurse und Tests und knüpfte so Kontakte in ihrem neuen Umfeld. Schnell entwickelte sich um sie herum ein soziales Auffangnetz.

Die Jahre zogen an ihr vorbei. Der Auslandsaufenthalt zog sich mit den neuen Projekten immer weiter in die Länge. Doch dann war es irgendwann soweit. Die Zeit im Ausland endete, der Ruf der Heimat lockte.

Und nun stand sie in der Eingangstür und umfasste den Rahmen der Glastür ihrer geliebten Wache 60. Wehmut über die verlorenen Jahre ergriff ihr Herz. Sie kam sich so fremd an diesem Ort vor. Ein Überbleibsel, ein Relikt aus vergangenen Tagen. Seit sie gegangen war, hatte sich das Gesicht der Gemeinde verändert. Gebäude waren abgerissen und durch neue Bauten ersetzt worden, Straßen erschlossen und neue Baugebiete errichtet. Im Kern hatte sich erfreulicherweise wenig verändert, wie sie erleichtert feststellte. Ihr Blick huschte in den Innenraum, den alten Flur entlang nach hinten durch. Früher war da der Hinterausgang zum Parkplatz, sinnierte sie gedankenverloren.

Interessant, dann hatten sie den Umbau also tatsächlich im Rathaus durchgedrückt bekommen.

Jo trat über die Schwelle ins Gebäude. Sie war zurück. Endlich. Sie reckte die Nase empor und atmete tief ein. Es roch sogar noch genau so wie in ihrer Erinnerung. Sie schloss die Augen und genoss den Moment.

»Josefine?«

Jo drehte sich um. Die Stimme erkannte sie sofort wieder.

Da stand er mit einem breiten Lächeln im Gesicht. Ihr alter Gruppenführer. Inzwischen war er zum Ortswehrführer ernannt worden, wie sie auf der Internetseite der Ortswehr hatte mitverfolgen können. Die Rolle schien ihm gut zu stehen. Er war immer schon ein geborener Anführer gewesen. Da war es naheliegend, dass er in der Mannschaft die Treppe weiter hoch bugsiert wurde.

Jo lächelte und umarmte ihn. Drückte ihn herzlich.

»Willkommen zurück in den heiligen Hallen. Seit wann bist du wieder da?«

»Ich bin quasi gerade erst aus dem Flieger gestolpert. Euren ›Tag der offenen Tür‹ wollte ich um nichts verpassen. Meine Koffer sind noch im Auto verstaut. Mehr geht nicht, oder?« Jo lachte leise.

»Komm, ich führe dich rum.«

Das Angebot nahm sie gerne an. Sie durchquerten den Flur, der zwischen den Aufenthaltsräumen und der Fahrzeughalle als Verbindung diente. Vorbei am geschäftigen Treiben der Mannschaft. Die öffentliche Veranstaltung »Tag der offenen Tür« wurde von den Gästen gut angenommen. Überall tummelten sich die Bürger des Ortes auf dem Gelände herum.

Jo erkannte einige Gesichter unter den ein wenig gestresst umherlaufenden Kameraden wieder. Auch hier war die Zeit nicht stehen geblieben. Du lieber Himmel. Wie lange war sie weg gewesen? 50 Jahre?

Wow, da war aber jemand grau geworden. Und die Lockenpracht bei dem anderen war damals auch dezenter ausgeprägt.

Jo konnte ihr begeistertes Grinsen nicht verkneifen, winkte den erkennenden Mienen freudestrahlend zu und ließ sich wie ein staunender Tourist weiterführen.

Sie erreichten die Fahrzeughalle und – *oh wow!*

Hallen, korrigierte sich Jo gedanklich, neugierig den Hals reckend.

Da, wo früher weitere Parkplatzfläche gewesen war, ragte jetzt eine riesige zweite Halle vor ihr auf.

Die Haken für die Klamotten wurden von der Fahrzeughalle separiert. Gute Entscheidung. Dann hingen nicht mehr die ganzen Abgase in der Einsatzschutzbekleidung. Es war damals schon echt eine spezielle Note, die in der sauberen Kleidung hing. Eine doppelflügelige Tür mit seitlichem Öffnungsschalter war im neuen Trakt eingebaut worden. Der Wehrführer drückte ihn und führte sie hinein. In das Herzstück der Wache – dem Umkleideraum.

»Na? Wann kommst du zum Ankleiden rum?«

Jo musste herzhaft lachen. »Dein Ernst? Ich habe noch keine Nacht hier geschlafen und du fragst schon, wann ich wieder loslegen kann?«

»Na ja, wir sind immer auf der Suche nach fähigem Personal.«

Jo lächelte. Es tat gut, das Gefühl, gebraucht zu werden. Und dann gleich mit Ritterschlag vom Häuptling.

»Seid ihr so eng mit Leuten? Sieht mir bei der Auslastung der Spinde nicht so aus. Nachwuchssorgen?«

Er winkte ab. »Nein, nein, das nicht. Du bist uns jederzeit herzlich willkommen. Sag Bescheid, wenn du so weit bist. Komm erst mal an.«

Auf Jo prasselten so viele Eindrücke ein. Bilder von damals überlagerten die Neuen.

Er führte sie weiter im neuen Komplex herum, zeigte ihr den Aufenthaltsraum der Jugendfeuerwehr, die neue Kleiderkammer und die Aula, den großen Schulungs- und Aufenthaltsraum. Aus dem Alten war eine große, geräumig ausgestattete Küche geworden und die ehemalige Küche zum Kopierraum. *Ja, die Nische taugte auch nicht zu mehr als dem.*

Immer wieder lief sie alten Bekannten über den Weg, die sie kurz drückten und Freude äußerten, sie wieder zu sehen.

Die Jungspunde kannte Jo nicht, wurde von ihnen aber neugierig beäugt.

Kein Wunder, lachte Jo in sich hinein. Vom Wehrführer wie ein VIP rumgeführt zu werden, war schon besonders. Und woher sollten die jungen Kameraden sie auch kennen. Damals hatten sie ja noch halb in die Windeln gemacht.

Der Tag verstrich, Jo gönnte sich eine Grillwurst und eine Schüssel der weltbesten Erbsensuppe des hiesigen Schlachters. *Wie hatte sie die nur vermisst.*

Als sich der Tag der offenen Tür dem Ende neigte, machte sich Jo auf den Weg in ihre neu angemietete Wohnung. Endlich ankommen.

Als ihre Rückkehr nahte, hatte sie sich online im Ort nach einer neuen Wohnung umgesehen und glücklicherweise in der Nähe der Wache eine gemütliche, kleine Wohnung gefunden.

Da sie Single war und nicht viele Habseligkeiten hatte, brauchte sie nicht viel Platz. Ein heiles Dach über dem Kopf, einen Stellplatz für ihren Wagen, der bis dato bei ihren Eltern stand, und funktionierende Wasserleitungen waren ihr einziger Anspruch. Die Haustür fiel hinter ihr ins Schloss, die Taschen und Koffer landeten im Flur auf dem Boden und Jo atmete einmal tief durch.

Sie war zu Hause angekommen.

ZWEI

D ie ersten Tage nach ihrer Ankunft vergingen wie im Fluge. Einrichtungsmöbel wurden geshoppt, ihr Arbeitsplatz in der Firma wieder eingerichtet und ihre Eltern zum gemeinsamen Brunch besucht.

Sie hatten ihr mit der Wohnung einen großen Dienst erwiesen. Sie hatten die Besichtigungstermine übernommen, waren als Ansprechpartner für den Vermieter da gewesen und hatten die vertraglichen Unterlagen für sie vorbereitet. Sie hatten Jo auch Fotos und Videos von der Wohnung geschickt, damit sie sich schon mal einen Eindruck verschaffen konnte. Alles verlief reibungslos. Ihre Eltern sorgten sogar als Überraschung dafür, dass ein Bett fertig aufgestellt und frisch bezogen auf sie wartete. Der Kühlschrank und die Vorratsschränke waren gefüllt. In den Küchenschränken fand Jo Geschirr und Besteck. Es war alles Nötige da, dass sie nur noch ankommen brauchte. Ein Traum.

Jo bedankte sich ganz herzlich bei den Beiden in Form eines ausladenden Frühstücksbuffets mit all ihren Lieblingsspeisen.

Sie lebte sich schnell ein, fand wieder Anschluss in ihrem alten Freundeskreis und gewöhnte sich an ihr neues Zuhause.

Es war an der Zeit, sich ihren Melder zurückzuholen.

Noch in der gleichen Woche ihres Anrufs bei ihrem Wehrführer fand sie sich in der Kleiderkammer wieder, voll ausgestattet in neuer Kluft. Eine neue Bekleidungsfarbe, was aber beim Tag der offenen Tür bereits ersichtlich gewesen war. Also keine Überraschung.

Da die Spinde alle bereits vergeben waren – immer heiß begehrt –

suchte sie sich einen freien *Haken* aus. Dabei handelte es sich um zugeschnittene Holzbalken, die in Reihe an Metallstangen in der Umkleide verbaut waren. Sie stülpte die Hosenbeine über die Stiefel und stellte das Bündel unter die aufgehängte Jacke. Den Helm legte sie oben drüber auf die Holzablage und hängte den Feuerwehrhalte-gurt an den kleinen Metallhaken, der am großen Kleiderbügel befes-tigt war. Im Einsatzfall brauchte sie mit der Vorbereitungsmethode nur noch Sekunden fürs Umziehen.

Und dann bekam sie ihn – ihren heiß geliebten und schmerzlich vermissten Melder.

Sie war wieder ganz.

Das fehlende Stück ihres Herzens kehrte an seinen Platz zurück. Wie gut sich das anfühlte.

Nach wenigen Wochen war sie wieder ganz die Alte, ein fester Teil der Mannschaft. Als ob sie nie weg gewesen wäre, lachte und scherzte sie mit den ihr altbekannten Kameraden. Sie lernte die *jungen Wil-den*, die noch ganz heiß auf Action waren, in der eingeschworenen Truppe kennen. Zu Beginn war es noch ungewohnt, nicht mehr die üblichen Verdächtigen von früher auf dem Einsatzfahrzeug sit-zen zu sehen. Sie hatten in der Zeit ihrer Abwesenheit neue Ämter übernommen und gehörten inzwischen überwiegend zur Riege der Führungskräfte. In der Mannschaftskabine füllten sich regelmäßig die Plätze mit den jungen Kameraden, die noch nicht so erfahren sein konnten, dachte Jo leicht besorgt. An den Einsätzen, sinnierte sie, hatte sich auch nichts Wesentliches verändert. Essen auf Herd, Türöffnungen, Ölspuren und in den Nächten – ganz beliebt – die Brandmeldeanlagen der Firmen im Industriegebiet.

Zwischendurch gab es auch mal kleine Häppchen an echten Einsät-zen. Brennende Mülltonnen, weil Anwohner noch nicht abgekühlte Asche entsorgten, ein paar Sturmnächte und ein größerer Küchenbrand. Sie erhielt ihr »A« auf dem Helm zurück. Um diesen Status zu erlangen, ließ sie sich ärztlich anhand der G26-Prüfung durchchecken und durchlief die jährlich geforderte Belastungsstrecke für Atemschutzgeräteträger. Sie hatte den Feuerwehr-TÜV bestanden.

Jo hatte sich erzählen lassen, dass es während ihrer Abwesenheit im Ort ruhig geblieben war. Es freute sie zu hören, dass keine nennenswerten Sachschäden entstanden und den Bewohnern kein ernsthaftes Leid widerfahren war. Die Sommersaison lief und kleine Flächenbrände in der trockensten Zeit auf den Feldern rings herum vertrieben ihnen die Zeit. Die freien Tage verbrachte Jo mit ihren Freunden und ihren Eltern. Es war schön, wieder da zu sein. Sie freute sich, dass sich neue Familien gründeten, und sah mit einem sehnsüchtigen Blick auf ihre nackten Finger. Kein Ring, kein Freund, kein gar nichts.

Da gab es nur sie allein.

Abends, wenn sie auf der Couch vor dem Fernseher saß, verspürte sie Sehnsucht nach einem Gegenstück. Einem Mann, der mit ihrem Ehrenamt kompatibel war. Es war keine Selbstverständlichkeit, sie gehen zu lassen, wenn der Melder rappelte. Welches männliche Ego würde es auf Dauer verkraften, wenn die Frau in der Beziehung die Alltagssuperheldin war? Schon früher entging ihr nicht, dass Männer auf Abstand gingen, wenn sie Jo nicht für sich allein beanspruchen konnten. Wenn die Partnerin mitten im Liebesspiel aufsprang, nur weil der Pager Alarm schlug. Wie oft hatte sie danach ein leeres Bett aufgefunden. Zu oft. Und dennoch, es änderte nichts an ihrer Einstellung. Nicht sie war es, die sich anpassen musste. Sie brauchte einfach jemanden, der sie verstand, der diese Leidenschaft mit ihr teilen konnte.

Jo seufzte.

Einsamkeit umhüllte sie immer wieder in solchen Momenten wie eine schwere, dicke Decke. Isolierte sie mitten auf der sonst leeren Couch vom Rest der Welt. Sie wünschte sich so sehr einen Partner. Einen Mann, der sie liebte, wie sie war und sie bedingungslos akzeptierte.

Irgendwann im späten Sommer entdeckte Jo in der Wache ein Gesuch als Aushang am Schwarzen Brett.

Landkreisübergreifende Unterstützung von Kameraden gesucht, die in der Weihnachtszeit und über Silvester für den Brandschutz Wache auf Helgoland halten. Gesucht wird für die kleine Nebeninsel, genannt Düne, damit die dortigen Kameraden über die Feiertage mit ihren Familien verreisen können und der Brandschutz gewährleistet werden kann.

Jo blieb davor interessiert stehen und dachte nach.

Warum eigentlich nicht? Sie war ungebunden und könnte problemlos in der Zeit Urlaub bekommen. Ein Abenteuer wäre es ganz bestimmt auch. Jo lächelte. Der Gedanke gefiel ihr zusehends.

Sie fragte bei ihrem Arbeitgeber, der ihr grünes Licht gab, und meldete sich als Bewerberin an.

Zwei Wochen später erhielt sie Inselpost.

Sie wurde unter den zahlreichen Bewerbern anhand ihrer zusätzlichen Qualifikation als Rettungsschwimmerin ausgewählt, auf der *Düne* Dienst für zwei Wochen zu verrichten.

Super! Winterurlaub und Silvester auf der Insel. Auf die bunte Panoramaaussicht in der Silvesternacht freute sie sich schon jetzt. Sie würde dicke Klamotten brauchen. Und vielleicht einen Thermoanzug, sollte sie eine Wasserrettung durchführen müssen. Lieber haben und nicht brauchen, als sich den Arsch abfrieren, wenn es drauf ankam.

Die Herbsttage zogen an Jo vorbei. Ihre Abreise rückte näher und sie konnte es kaum noch erwarten. Nach dem letzten Dienst des Jahres konnte sie ihre Begeisterung nicht mehr zurückhalten und erzählte ihren Kameraden in der Umkleide von ihrer bevorstehenden Reise.

»Wie, du auch? Ja *geilomat*!«

Jo erstarrte in der Bewegung und musste sich ernsthaft bemühen, ihre Gesichtszüge beieinander zu halten, sie nicht respektlos entgleisen zu lassen.

Die Worte kamen aus dem Mund der Oberheizdüse aus der Jungspundfraktion.

Oh nein – bitte nicht.

Jo richtete ihren Blick unauffällig gen Himmel und sandte ein Stoßgebet ab.

Bitte tu mir das nicht an.

Jo überwand sich und drehte sich zu ihm um. Ihre Mine verriet keine Emotion. Kalt, wie ein Eisblock. Er strahlte sie breit grinsend an.

Sie sah musternd zu ihm rüber. Sollte sie etwa sein *Babysitter* sein? Bitte nicht.

Sie würde mit dem großmäuligsten Kerl der Ortswehr ihre Inselferien verbringen. Ernsthaft jetzt?

Als Jo ihre Manieren wiederfand, rang sie sich ein Lächeln ab. »Ach, du etwa auch? Na, so ein Zufall.«

Den Schreck musste sie erst mal verdauen – mit einer Flasche Wodka. Auf Ex. Sofort.

Oh man. Das konnte ja heiter werden.

Als ob der Schock nicht schon ausreichte, begannen ihre Kameraden um sie herum, Witze zu reißen – mit unanständigen Pointen.

Jo wurde flau im Magen und sie wünschte sich, der Boden möge sich unter ihr auftun. Auf dass er sie sofort unzerkaut in einem Rutsch verschlinge.

Himmel!

Der Schock saß wirklich tief. Aus war er, der Traum von ruhigen

Feiertagen und einem *möglicherweise* attraktiven Kameraden aus einer anderen Wehr.

Die romantischen Träume verpufften vor ihrem geistigen Auge. Mit der Heizdüse im Schlepptau konnte sie jegliche Anbahnung anderweitig vergessen.

Ihr Ruf war ihr heilig. Und den konnte sie nicht wahren, wenn dieser Typ mit am Start war.

Er fiel ihr schon länger auf, laut wie er war. Zu allem und jedem musste er seinen Senf dazugeben.

Kolossal nervig.

Und wie er nach Aufmerksamkeit buhlte. Musste immer die größte Klappe von allen in der Runde haben.

Jo verdrehte die Augen. Na dann, *Frohe Weihnachten und schönen Dank auch.*

DREI

J o legte die letzte Tasche mit ihrer Einsatzschutzbekleidung in den Kofferraum des Autos ihres Vaters. Hatte sie jetzt alles dabei?

»Danke Papa, dass du mich fährst. Das ist superlieb von dir.« Jo umarmte ihn herzlich.

»Aber das ist doch selbstverständlich, mein Töchterchen. Auch wenn Mama und ich dich über die Feiertage lieber bei uns gehabt hätten.«

Ja, sie musste ihm recht geben. Eigentlich wäre es netter von ihr gewesen, aber die Chance wollte sie einfach nutzen.

Und wie hoch war die Wahrscheinlichkeit, dass sie auserwählt wurde? Schwindend gering.

Mit einem Seufzer dachte sie an ihren Reisebegleiter. Wie hatte er es nur auch geschafft, angenommen zu werden? Waren Verstärker im Winter etwa Mangelware?

Nach zwei Stunden Autofahrt trafen sie überaus rechtzeitig am Fährhafen ein. Von der Schiffsbesatzung abgesehen, die Vorbereitungen für die Fahrt trafen, war kein wartender Passagier in Sicht. Jo war wohl die Erste aus der Truppe. Sie hasste Unpünktlichkeit wie die Pest. Aus dem Grund hatte sie ein Zeitpuffer für die Anreise von gut einer Stunde einkalkuliert. Sie lud ihre Sachen aus dem Kofferraum und umarmte ihren Vater zum Abschied. Sie sah den Rückleuchten seines Wagens zu und winkte ihm nach, bis er außer Sicht war.

Dunkelheit hüllte sie ein. Aus der Ferne tauchten die ersten Anzeichen der Morgendämmerung auf. Am Steg waren hüfthohe Laternen, die die Holzbohlen am Kai anstrahlten. Schatten umgaben sie und ihr üppiges Gepäck. Es war trocken und kalt. Sie fröstelte. Ein eisiger Windhauch erreichte ihren ungeschützten Nacken und bescherte ihr eine Gänsehaut. Sie schüttelte sie weg und zog ihren Kragen hoch.

»Also dann. Wollen wir mal die Lage hier erkunden und uns einen Platz suchen, an dem es für die nächste Stunde gemütlich wird«, redete Jo leise mit ihrem stummen Gepäck. Sie hatte irgendwann in ihrer Jugend festgestellt, dass Monologe die Einsamkeit in ihrem Herzen vertrieb. »Solange wir keine neuen Erkenntnisse aus unseren Gesprächen gewinnen, ist alles halb so wild«, sprach sie leise den halb gedachten Gedanken aus. Sie musste über ihren selbstironischen Witz schmunzeln.

»Du bist früh dran«, drang die ihr sehr vertraute Stimme aus einem dunklen Winkel schräg hinter ihr.

Na super, hoffentlich hatte er ihr Selbstgespräch nicht mitbekommen.

Jo straffte die Schultern und drehte sich um. So viel zu Erste am Steg.

»Du aber auch. Wie bist du hergekommen?«

»Mit meinem Auto. Ich kann doch nicht riskieren, dass meine Kumpel mein Schätzchen zu einem Haufen Altmetall fahren, während ich nicht da bin.«

Jo schnaubte innerlich. Männer und ihre Autos. Es war nur ein Transportmittel. *Na? Musste da jemand was kompensieren mit einer Protzkarre?*

»Und du meinst, dein *Schätzchen* über Silvester hier am Hafen, weit ab vom Schuss, stehen zu lassen, ist eine bessere Idee?«

Ihre Augenbraue wanderte nach oben.

»Joah, schauen wir mal. Hab sie gut eingepackt. Sollte also passen.«

Sie eingepackt? Ob da auch ein Schleifchen dranhing?

Scheint ja eine innige Liebe zu sein. Jo wechselte das Thema.

»Hast du alles dabei? Die persönliche Schutzausrüstung und auch warme Wechselklamotten? Dürfte die nächsten zwei Wochen ziemlich schattig auf der Insel werden. Zumindest laut dem Wetterbericht.«

»Ja, Mama. Ich habe alles dabei.«

Großartig. Jos Wangen erröteten. *Hast du toll gemacht.*

Sie schüttelte ihren Gedanken, einfach alt zu werden, ab und reichte ihm die Hand zur Begrüßung.

Ihre Finger kribbelten, als sie sich berührten.

Nanu, was war denn das?

War sie so auf Entzug von fremder Haut, dass sie schon bei der kleinsten Berührung in die Startlöcher sprang?

Sie sah ihm ins Gesicht und stutzte. Er grinste wie ein Honigkuchenpferd.

Okay, was hatte sie verpasst? Ging irgendein Memo an ihr vorbei? Jo war kurz versucht, sich umzudrehen.

Grinste er vielleicht nicht sie an, sondern jemanden hinter ihr?

Sie unterdrückte den Impuls, den Kopf zu drehen und löste sich aus dem Kontakt mit seiner Hand.

Wie peinlich. Er freute sich bestimmt nur genauso wie sie auf die Insel.

Sei es drum, solange er ihr nicht auf den Wecker ging und an ihren Hacken klebte, war alles in Butter.

Die Hoffnung auf ein romantisches Abenteuer mochte sie noch nicht in den Wind schießen. Das Biest namens Hoffnung, das sich bekanntlich gerne an den dünsten Strohhalm mit winzigen Widerhaken klammerte, wartete beharrlich auf ihre Gelegenheit. Jo atmete einmal tief aus und griff nach ihren Taschen. Gemeinsamen Schrittes machten sie sich auf den Weg zum Steg.

Nach einer halben Stunde traf die übrige Besatzung der zweiwöchigen Brandwache ein. Sie begrüßten sich und stellten sich einander vor. Die Jungs machten einen ordentlichen und kompetenten Eindruck, doch innerlich verpuffte der Traum von Romantik auf der

Insel. Kein passendes Exemplar dabei. Pech gehabt. Gespielt und verloren. Die Spitzenunterwäsche wurde zur Platzverschwendung in ihrem Gepäck. Den kurzgewachsenen Kameraden unter ihnen taufte Jo gleich mit dem Spitznamen Spike, weil er blond gefärbtes Haar trug wie Kapitän Peroxid alias Spike aus der Fernsehserie *Buffy*. Bis sie die Namen der Kameraden drauf hatte, dürfte es nächstes Jahr sein. Warum fiel es ihr nur immer so schwer, sich Namen zu merken? Kaum erreichten sie ihren Gehörgang, strömten sie aus dem anderen Ohr gleich wieder raus. Was sie sich nicht sofort aufschrieb, wurde zu Schall und Rauch.

Die Übrigen konnte sie noch nicht so recht einschätzen. Es würde wohl noch ein wenig Zeit brauchen, sie näher kennenzulernen. Während sie sich unterhielten, wurde der Steg ausgefahren, um das große Schiff betreten zu können, das sie zur Insel bringen sollte. Ein älterer, graubärtiger Kapitän stand oben an Deck und hieß sie an Bord willkommen. Weitere Gäste trudelten im Laufe der nächsten halben Stunde ein. Das Schiff füllte sich zusehends mit Passagieren aller Altersklassen. Jo blickte mit verkniffener Mine zum Himmel hinauf. Dicke Wolken zogen von der See her auf das Festland zu. Die zweieinhalbstündige Überfahrt dürfte interessant werden. Das Schiff, die *Funny Girl*, legte pünktlich ab, wie Jo mit Blick auf die Uhr feststellte. Sie stand an der Reling im Heckbereich, das Auslaufen bei frischer Seeluft genießend. Ihre Nasenflügel weiteten sich, als sie tief die salzige Luft inhalierte. Sie bekam gerade einen Regentropfen auf die Stirn, als die ersten Wellen der Nordsee das Schiff erfassten. Sie beschloss, sich nach drinnen zu den Anderen zu gesellen. Die Fahrt war lang und zum Eiszapfen musste sie nicht gleich in der ersten Stunde mutieren.

Die Überfahrt gestaltete sich schaukelig. Durchsagen vom Kapitän ließen verlauten, dass mit einer unruhigen See gerechnet wurde.

Es wurde geraten, das Deck aufzusuchen und die bereitliegenden Spucktüten zu verwenden, wenn Anzeichen von Übelkeit aufträten. Kaum eine halbe Stunde später, das Festland war in weite Ferne gerückt, hörte Jo unter Deck aus jeder Himmelsrichtung das Aufstöhnen und Resümieren der vergangenen Mahlzeiten. Auch wenn Jo es nicht offen zugab, meldete auch ihr Magen allmählich flaue Gefühlsregungen. Die sie umnebelnden Geräusche und Gerüche trugen mit Sicherheit dazu bei. Sie entschuldigte sich bei den Kameraden und wankte, dem Seegang sei Dank, nach draußen an Deck. Eine erfrischend kalte, salzige Meeresbrise zog um ihre Nase. Um sie herum schaukelte alles. Die Menschen wiegten sich im Takt der Wellen und des Schiffes, wie es tief in die Wassertäler eintauchte und wieder emporschoss. Sie blickte auf den Horizont und behielt die einzige gerade und feste Konstante im Blick. Ihr Magen beruhigte sich. Was ihre grünen und blauen Mitstreiter um sie herum nicht behaupten konnten. Sie sah einem jungen Mädchen zwei Reihen weiter hinten dabei zu, wie sie die Tüte vor den Mund hielt und würgte. Jo brach das Herz beim Anblick ihres elendigen Blickes. Das arme Mädchen. Jo setzte sich neben sie auf den freien Platz. »Behalte die Wasserlinie im Blick. Das hilft dir gegen die Übelkeit.« Wenig später wurde die Kleine von ihrer Mutter in den Mittelgang gezogen und auf einen Klappstuhl verfrachtet. Also außer Sichtweite des Horizonts. Na großartig. Aber was solls. Helfen konnte man nur denjenigen, die auch Hilfe wollten. Jo zuckte gedanklich die Achseln und richtete ihren Blick wieder in Richtung Wasserlinie. Weit entfernt konnte sie gigantische Windparks ausmachen. Es waren so viele Windräder, dass Jo es nicht schaffte, sie zu zählen. Das Feld sah aus wie lustige Windspiele für Riesen im Niemandsland. Aus dem Augenwinkel vernahm Jo, dass ihr ungewollter Begleiter Anstalten machte, sich zu ihr zu gesellen.

Na toll. Gleich würde er ihr eine Frikadelle ans Ohr tackern oder schlimmer noch, vor ihren Augen von sich geben. Seine Gesichtsfarbe glich ein wenig der Außenfarbe des Schiffes. Schneeweiß.

Zu ihrem Erstaunen verlor er weder ein Wort, noch waren unerwünschte Geräusche zu hören, nachdem er sich zu ihr gesetzt hatte. Er richtete stumm seinen Blick in den wolkenverhangenen Himmel und verharrte in sich gekehrt neben ihr.

Nach einer gefühlten Ewigkeit kamen schemenhaft die kleinen Inseln mit den Leuchtfeuern in Sicht. Jo war bis auf die Knochen durchgefroren. Es fehlte nicht mehr viel, bis ihr Gebiss zu klappern begann. Zeit, unter Deck zu gehen und sich aufzuwärmen.

Jo murmelte ihm leise zu, dass sie jetzt rein ging, und stand auf. Sie erwartete fast, dass er ihr wie ein Hundewelpe nachlief, doch das tat er nicht.

Gut so.

Kurze Zeit später legten sie im Hafen von Helgoland an und gingen von Bord. Ihr Gepäck wurde an den Landungssteg für die weitere Überfahrt auf die Düne gefahren. Kaum hatten Sie die kleinen Boote am Steg zu Fuß erreicht, setzten sie zur Nebeninsel über. Der Kapitän der *Witte Kliff* begleitete sie zu ihren Unterkünften und informierte sie, wann und wo es am nächsten Morgen Frühstück gab und dass danach die Übergabe der Insel anstand.

Jo war froh, wenn sie sich gleich ins warme Bett verkrümeln konnte. Zu ihrer Überraschung bekamen sie beide von der Wache 60 allein ein Bungalow zur Verfügung gestellt. Die anderen Kameraden wurden im nebenan gelegenen Haupthaus untergebracht.

Dachten die Organisatoren etwa, sie wären ein Paar, weil sie aus der gleichen Wehr kamen? Durch Jos Gedanken zog sich ein kurzer Film, wie sie eng umschlungen gemeinsam im Bett lagen. Ihre Augen wurden groß, Hitze flutete ihre Wangen. Ach herrjemine. Sie wischte die geistige Leinwand schnell weg.

Niemals!

So ein Hitzkopf würde es niemals schaffen, ihr Herz zu erobern. Nein, ausgeschlossen.

Sie betraten das geräumige Haus und einigten sich über die Zimmerverteilung. Nun ja, genau genommen nahm Jo einfach ihr ausgewähltes Zimmer in Beschlag, was ihn aber nicht zu stören schien. Nach einer anschließenden Begehung der Räume verabschiedeten sie sich für die Nacht. Er hatte sich das Zimmer gleich neben ihrem ausgesucht.

Hoffentlich würde er nicht die ganze Bude zersägen. Jo hatte keine *Ohropax* eingesteckt.

Es wurmte sie, dass er ihr so präsent im Kopf herumspukte. Sie schob die Gedanken beiseite und machte sich in ihrem angrenzenden Bad für die Nacht bettfertig. Nachtcreme ins Gesicht, Zähne geputzt und rein in den flauschigen Pyjama. Ein großes, kuschelig einladendes und weiches Bett erwartete sie, wie sie erfreut feststellte. Sie schaltete sich ihre Lieblingsmusik zum Einschlafen an, aktivierte pflichtbewusst einen Wecker auf dem Handy, *sleep*-Timer nicht vergessen, und sank wohlig seufzend auf ihr riesiges Kissen. Himmlisch. Nach wenigen Strophen war sie im Land der Träume.

VIER

Das Licht in der Umkleide erlosch. Schwärze breitete sich um Jos Blickfeld aus. Ihr Herz pochte lautstark in der Brust. Sie war nicht länger alleine zwischen den Einsatzschutzbekleidungen im Umkleideraum ihrer Wache. Jemand hatte den Raum betreten und das Licht ausgeschaltet. Offenbar absichtlich. Sie rührte sich nicht von der Stelle, gab keinen Mucks von sich. Wenn ihre Atemgeräusche sie nur nicht verraten würden. Aber warum eigentlich. Sie war gerade dabei gewesen, ihre Schutzbekleidung gegen die Reservekleidung auszutauschen. Ihre Garnitur war frisch aus der Reinigung vor ihren Spind gelegt worden. Sie brauchte nur noch ihre Habseligkeiten umräumen und war mit ihrer eigenen Kluft wieder einsatzbereit. Gerade als sie die letzte Tasche umgeräumt hatte, wurde es um sie herum dunkel. Früher hätten ihr die alten Helme durch die fluoreszierende Lackschicht Orientierungspunkte geboten. Seit dem kollektiven Wechsel auf eine andere Marke hieß dunkel definitiv finster wie in einem Bärenarsch. Keine Lichtquelle war aus ihrem Augenwinkel erkennbar. Hatte sie etwas zu befürchten? Eine ungewohnte Aufregung ergriff sie. Jo spitzte die Ohren und lauschte in den Raum hinein. Leise Sohlen deuteten eine näher kommende Person an. Sie spannte ihre Schultern an. Zwar rechnete sie nicht mit einem böswilligen Angriff, wappnete sich dennoch für jede Eventualität. Tiefe Atemzüge drangen aus der Ferne zu ihr. Sie kannte die Frequenz. Es war die von Aufregung, nicht nach einer Anstrengung. Ihr Herzschlag beschleunigte, ihre Brust wollte förmlich zerspringen. War ER es vielleicht? Der Schrittlänge, der Geräuschkulisse seiner Atmung und dem feinherben Duft in der Luft nach zu schließen rückte die Wahrscheinlichkeit in den Bereich des Möglichen. Jo schloss die Augen, ihre anderen Sinne schärfend. Ihr Sehvermögen brachte sie eh nicht weiter. Ihre Handinnenflächen wurden schwitzig. Sie war kurz versucht, sie an ihrer Hose abzuwischen, verkniff sich jedoch die verräterische Bewegung. Wie ein Raubtier näherte er sich ihr von ihrer Flanke aus. Je näher er ihr kam, desto langsamer wurde er. Unmittelbar hinter ihrem Rücken kam er zum Stehen. Sie konnte seine Atemzüge in ihrem Nacken spüren. Wie sie erregend eine Gänsehaut entstehen ließen, kribbelnd ihren Nacken eroberten, über ihren Rücken abwärts liefen und zwischen ihren Beinen brandeten. Jo kam es wie eine Ewigkeit vor, wie sie regungslos, seiner Brust so nah, dastanden. Ihr Atem wurde flacher, lauter, erregter. Sie war gespannt wie ein Flitzebogen. Sie konnte vor Aufregung kaum noch an sich halten. Wollte er sie verspotten? Oder wartet er auf eine Erlaubnis, sich ihr nähern zu dürfen? So nah. Sie konnte seine Hitze spüren. Er brannte wie ein Hochofen, wärmte sie durch seine Präsenz und versprühte Funken, die sie zu versengen schien. Als sie es kaum noch aushielt, spürte sie seine Hand auf ihrer Schulter. Zaghaft, leicht wie eine Feder strichen seine Finger über ihren Oberarm. Es war eine unausgesprochene Geste darin verborgen. »Dreh dich um!« Sie tat es.

Sein Kopf kam näher. Sie konnte es an seinem Atem spüren, seine große Hand erreichte ihr Haar. Er nahm ihren Kopf in seine Hände und beugte sich zu ihr herab. Seine Lippen berührten die ihren. Hauchzart, wie die Flügel eines Schmetterlings. Jo keuchte auf. Eine donnernde Woge der Lust rollte über sie hinweg. Zu viel. Zu viel Lust in zu kurzer Zeit. Sie hatte das Gefühl, innerlich zu verglühen. Seine wohlschmeckenden Lippen wurden fester auf ihren Mund gedrückt. Wilde Besitzgier stieg in ihr auf. Sie griff nach seinen Schultern und presste sich an seinen Körper. Sie hatte seine Einladung angenommen. Ihre Münder verschmolzen miteinander. Gerieten in einen Strudel aus Lust auf mehr voneinander. Jo öffnete ihre Lippen und glaubte zu explodieren, als sie seine Zunge spürte, ihn das erste Mal schmeckte. Ihn auf die intimste Art liebkoste. Ihre Zungen umkreisten einander, begannen einen Tanz zu vollführen zu der Musik ihrer keuchenden Atemzüge. Seine muskulösen Arme umschlangen ihre schlanke Taille, drückten sie wie ein Schraubstock an seinen Körper. Sie wurden zu einer Einheit. Verschmolzen. In Jos Kopf begann sich die Welt zu drehen und sich aufzulösen. Sie schwebten weit weg von allem, losgelöst vom hier und jetzt in einer Blase aus Raum und Zeit dahin. Es gab nur noch sie beide. Ineinander verwobene Glieder, sich nicht nah genug sein können. Sein Geschmack war einfach göttlich. Animalisch, erdig und gleichzeitig unendlich süß.

Am Rande ihres Bewusstseins nahm sie Stimmengewirr wahr. Im nächsten Moment flog die Tür zur Umkleide auf.

Mit einem Schrecken in den Gliedern richtete Jo sich kerzengerade im Bett auf. Sie öffnete die Augen und kniff sie sofort wieder zu. Was zum Geier?

Harfenklänge drangen an ihr Ohr. *Oh verdammt.* Nicht ernsthaft jetzt, oder? Reichte es nicht schon aus, ihn am Tage ertragen zu müssen? Musste er ihr jetzt auch im Traum auf die Nerven gehen? Und dann gleich so? Sie konnte nicht leugnen, dass ihr Kamerad eine *gewisse* Anziehungskraft ausstrahlte, aber liebe Fantasie: *Was soll der Mist!*

Sie setzte sich auf und rieb sich die Wangen. Der beängstigende Teil ihres Traumes war nicht die Angst, erwischt zu werden. Es war die Tatsache, dass sie diese äußerst intime Annäherung offenbar wollte. Jo schüttelte den Kopf, strich sich das Haar aus der Stirn und warf die Bettdecke auf die leere Bettseite. Es wurde Zeit für den Tag. Eine ausgiebige Dusche würde den Traum abwaschen und ein ordentliches Frühstück sollte sie wieder auf Kurs bringen. Unter dem heißen Wasserstrahl stieg gegen ihren Willen das Bild von letzter Nacht hoch.

Stehe mir bei, murmelte sie in leiser Verzweiflung in den Wasserdampf.

Die tägliche Badroutine übernahm ihre Bewegungsabläufe. Das konnte ihr Körper auch im geistigen Autopiloten durchziehen. Zwanzig Minuten später stand sie abmarschbereit im Wohnzimmer des Bungalows. Und wer war nicht da? Natürlich. *Der Herr schlief vermutlich noch.*

Jo wurde allmählich sauer. Sie *hasste* unpünktliches Erscheinen. Ihren Unmut zurückdrängend stiefelte sie zu seiner Zimmertür und klopfte an. Es sollte emotionsfrei klingen, was ihr nicht so ganz gelang.

Nichts geschah.

War er vielleicht im Bad? Sie sah zur gegenüberliegenden Tür, die ins Gemeinschaftsbad führte. Sie stand offen, der Raum war verwaist. Niemand da. War er etwa ohne sie losgegangen? Oh man.

Sie hatte nicht daran gedacht, mit ihm abzusprechen, ob sie gemeinsam zum Frühstück gehen wollten. Vielleicht war er ja bereits los und hatte sie nicht wecken wollen? Jos Wut verrauchte ein wenig. Sie machte sich auf den Weg zur Aula, dem Ort, an dem ihr knurrender Magen besänftigt werden würde. Kurz vor dem Eingang stand er, mit Zigarette im Hals. Jo war kein Freund von diesen Dingern. *Aber jedem das seine. Sollte er seine Gesundheit ruinieren. War ihr doch egal. Solange er im Einsatzfall genug Energie und Luft hatte, konnte er ihretwegen auch Dachpappe batzen.*

Er blickte auf und sah zu ihr. Lächelte sie breit an.

»Gut geschlafen?«, begrüßte er sie mit seiner Baritonstimme freundlich. Für Jos Geschmack ein wenig *zu* freundlich. Skeptisch sah sie zu ihm auf. Seine Stimme verursachte ungewollt einen kleinen Schauer auf ihrer Haut.

Was war das? So hatte ihr Körper doch noch nie auf seinen Klang reagiert. Jo ärgerte sich über sich selbst. Was war nur los mit ihr?

»Ja, danke. Und selbst?«

»Danke, auch gut. Mir scheint, deine Nacht war etwas unruhig. Ich habe merkwürdige Laute aus deinem Zimmer gehört. Sicher, dass alles in Ordnung ist?« Versteckte er da etwa ein Grinsen in seinem Mundwinkel?

Jo schoss die Schamesröte ins Gesicht.

»Ja, ja, alles gut.«

Noch ehe ihr Körper sie weiter verraten konnte, beeilte sie sich, über die Schwelle ins Haus zu treten. Er hatte sie gehört. Offenbar hatte sie im Schlaf aufgestöhnt. In Gedanken ließ sie eine Schimpftirade über sich selbst ergehen, bei der sie anderen den Mund mit Seife auswaschen würde, wäre auch nur eine Silbe davon über die Lippen gekommen.

Leider war auch das eine komische Angewohnheit, die ihr von dem einen oder anderen Übernachtungsgast zugetragen wurde. Ihr loses Mundwerk in Morpheus Armen. Sie sprach im Schlaf und erzählte ohne sozial verträglichen Filter, was sie träumte. *Na großartig.*

Kurz nach ihr betrat er die Aula. Sie roch die Qualmwolke seines Atems im Rücken und rümpfte kurz die Nase.

Danke für den benötigten Abturner.

Sie begrüßten die bald abreisenden Kameraden, plauderten kurz und stürzten sich auf das Frühstücksbuffet, welches am Rande des Raumes aufgebaut stand.

Das würde auch ihre Aufgabe werden, wenn ihre zweiwöchige Schicht endete und sie die nächste Mannschaft einwiesen.

Sie frühstückten ausgiebig und ließen sich erklären, was in den nächsten Tagen und Nächten auf sie zu kam. Eine Person wurde jeweils für die Nachtschicht eingeteilt. Diese musste sich in einer Liste eintragen, damit im Anschluss die Abrechnung erstellt werden konnte. Denn für jede Nachtschicht gab es eine kleine Aufwandsentschädigung, die sicherlich dem Einen oder Anderen diesen Aufenthalt versüßen dürfte.

Nachdem alle Punkte der Übergabe besprochen waren, begann der Rundgang um die relevanten Areale.

Es gab auf der Insel einen kleinen Tante-Emma-Laden gleich neben dem Flugplatz, in dem es Zeitschriften, Süßigkeiten und Lebensmittel zu kaufen gab sowie einen kleinen Markt, der schnuckelig und auf die Wünsche und Bedürfnisse der Touristen zugeschnitten war. Zu dieser Jahreszeit gab es kaum Urlauber. Die wenigen Gäste der Insel waren in den Bungalows in der Nähe des Hafens der Insel untergebracht. Sie konnten somit den Zeltplatz am anderen Ende der Insel von ihren regelmäßigen Rundgängen streichen. Jo war nicht unglücklich darüber, nur die kleine Runde drehen zu müssen, wenn sie dran war. Der Wind zog ihr jetzt schon kräftig in die angeblich warme Jacke.

Eine Gänsehaut überkam sie. Aus dem Augenwinkel erhaschte sie eine Gestalt, die sich gerade noch hinter einer Hausecke zurückzog.

Wurden sie beobachtet?

Vielleicht ein neugieriger Gast, der die neuen Feuerwehrleute begutachten wollte, dachte Jo und richtete ihre Konzentration zurück auf die Traube aus Männern vor ihr.

Sie wurden angehalten, sich trotz der begrenzten Umgebung dennoch mit der gesamten Insel zu befassen, damit sie im Ernstfall mit den Gegebenheiten der Insel vertraut waren. Sie sollten den Leuchtturm sichten, die Standorte der Hydranten abgehen und die Beladung des Feuerwehrfahrzeugs ansehen. Die Einsatzkleidung sollte direkt auf den vorgesehenen Plätzen deponiert werden, damit sie im Einsatzfall gleich startklar waren. Auf der Insel war es nicht gestattet – von absoluten Ausnahmesituationen abgesehen – das Einsatzfahrzeug zu bewegen.

Auch das Feuerwehrfahrrad – ja, das gab es wirklich auf der Insel – durfte nur in dringenden Angelegenheiten mit Sondergenehmigung verwendet werden.

Jo musste kurz schmunzeln. Sie verstand schon, dass die empfindliche Natur so gut geschützt werden sollte, wie es ihnen möglich war, aber ein *Fahrrad* als Einsatzgefährt? Abgefahren. Sie war sehr gespannt, ob sie es benötigen würden. Einen Grund dafür wollte ihr zumindest nicht einfallen.

Sie stellte sich amüsiert vor, wie sie in die Pedale trat und ihr *Kumpel* hinter ihr her hechelte, bemüht, Anschluss zu halten.

Jo musste lachen und drehte sich kurz von den Jungs weg.

»Die Geschichte mit dem Fahrrad fanden wir auch amüsant. Tatsächlich wurde es in den letzten zwei Monaten nur einmal benötigt. Der Leuchtturmwärter war von der Leiter gestürzt und einer der Sanis musste schnell zu ihm, erzählte man uns. Der Weg zum Turm war nur zu Fuß erreichbar, für einen Sprint aber zu weit weg. Und mal ehrlich, wer will mit der klobigen Notfalltasche über die halbe Insel hechten?« Der Erzähler zuckte mit den Schultern.

»Geht es dem Wärter wieder gut?«, fragte Jo interessiert nach. Sie war neugierig, ob ihr der Wärter vielleicht ein wenig von seiner Arbeit erzählen könnte. Sie stellte es sich entspannt vor, den lieben langen Tag auf die See zu blicken und dabei seine Brötchen zu verdienen. Ihr missfiel der Gedanke, dass Berufe nur mit Klischees behaftet sind und dadurch so eindimensional abgetan wurden. Da steckte bestimmt eine interessante Tätigkeit mit viel Fachwissen dahinter. Sie tat den Gedanken in die Später-Schublade und widmete sich wieder dem Antwortgeber auf ihre Frage.

»Es sah anfangs schlimmer aus, als es tatsächlich war. Er ist ein unverwüstlicher alter Seebär. Keinen Tag später war er wieder im Dienst. War wohl nicht so dramatisch.«

Die Übergabe neigte sich dem Ende und die Kameraden verabschiedeten sich voneinander. Ihr Schiff würde in Kürze ablegen und sie wollten ihre Rückfahrt in die Heimat nicht verpassen.

Jo bezweifelte, dass der Kapitän ohne sie losfahren würde, aber

man wusste ja nie. Der Rundgang war durch und zwei der Kameraden hatten sich bereit erklärt, die erste Tagschicht zu übernehmen. Jo
und ihr Anhang übernahmen die erste Nachtschicht. Das beschlossen sie gemeinsam noch auf dem Rückweg zur Aula. Sie würden die
Nächte zusammen durchzuhalten, damit keiner zwischendurch ein-
schlief. Damit *er* nicht mitten in der Schicht ein Nickerchen halten
konnte, dachte Jo für sich.

Zurück im großen Haus setzten sie sich alle zusammen und er-
stellten die Schichteinteilung für die nächsten zwei Wochen. So,
dass jeder zu gleichen Teilen von den Nachtschichten partizipieren
konnte. Jo empfand es nur als fair. Nachdem sie damit fertig waren,
machte sie sich allein auf den Weg zum Supermarkt, neugierig auf
die Bandbreite des Angebotes.

FÜNF

D ie Glocke der Eingangstür kündigte ihr Eintreten an. Jo betrat den gemütlich und aufgeräumt wirkenden Laden. Ein älterer Mann beäugte sie neugierig von der Kasse aus.

»Willkommen auf der *Düne*«, begrüßte er sie herzlich.

»Vielen Dank. Ich bin Jo und für die nächsten zwei Wochen bestimmt öfter Ihr Gast hier.«

Ein faltiges und aufgeschlossenes Lächeln breitete sich auf dem Gesicht des Mannes aus. Er war grauhaarig und trug einen gepflegten Vollbart. Er sah aus wie ein liebenswürdiger Seebär, der durch einen Zufall durch das Dach dieses Supermarktes gekracht und – Überraschung – hinter der Kasse wieder aufgestanden und stehen geblieben war.

Wenn sie nicht wüsste, dass sie hier auf einer Insel waren, hätte sie wegen der völlig abstrusen Szenerie gelacht. Auf einem Kutter mit Kapitänsmütze hätte sie ihn deutlich passender gesehen.

»Wenn Sie spezielle Wünsche haben, verraten Sie sie mir einfach, hübsches Fräulein. Ich kann fast alles besorgen.« Er zwinkerte ihr zu.

Jo musste lächeln.

Fräulein. Ein altmodischer, aber mit schönen Erinnerungen behafteter Ausdruck.

So hatte man sie seit Ewigkeiten nicht mehr genannt.

»Danke für das Angebot. Mal sehen, ob ich darauf zurückkomme. Wie oft fahren Sie denn zur Hauptinsel?«

Jo ging zum Tresen und stützte einen Ellenbogen locker darauf ab.

»Kann ich Ihnen vielleicht einen Brief mitgeben, wenn Sie rüber fahren? Ich möchte meiner Familie über die Feiertage eine kleine Freude bereiten.«

Sein Lächeln wurde breiter.

»Aber selbstverständlich, junge Dame. Das bekommen wir auf jeden Fall hin. Sie können Ihrer Familie auch gerne ein großes Paket mit Souvenirs senden. Ich habe alles hier, was Sie dafür brauchen. Jeden Montag und Donnerstag fahre ich mit meinem Boot frühmorgens rüber und komme mit marktfrischen Lebensmitteln und den bestellten Waren gegen Mittag auf die Insel zurück.«

Der Gedanke gefiel Jo. Die Auswahl an Souvenirs war hochwertig. Da würde sie sicher ein paar schöne Geschenke für ihre Eltern finden. Und sie hätten zu Hause etwas zum Auspacken, wenn Jo schon nicht die Feiertage mit ihnen verbrachte. *Ja, das würde sie machen.*

Noch während sie sich angeregt unterhielten, hörte Jo die Glocke von der Eingangstür läuten. Ein schmächtig gebauter junger Mann, schüchtern, seiner gekrümmten Körperhaltung nach, betrat das Geschäft.

»Das ist mein Enkel. Komm Junge, kümmere dich um das Lager. Das solltest du schon vor Stunden aufgeräumt haben.«

Die Worte drangen bestimmend auf den jungen Mann ein. Er schien auf den ersten Blick nicht die hellste Kerze auf der Torte zu sein, was Jo aber egal war. *Nicht jeder konnte eine totale Blitzleuchte sein.*

Sie bedankte sich beim Alten für die Anregungen und machte sich zurück auf den Weg zu ihrem Bungalow. Auf halber Strecke hörte sie hinter sich, wie ihr jemand folgte. Schritte knirschten im kalten Sand. Sie blieb stehen und drehte sich neugierig um. Da stand er und sah sie, den Blick immer wieder zu Boden gleitend, an. Hager und unsicher, einen Fuß leicht nach innen gekehrt. Haare in einem schmutzigen Blond, wild in alle Richtungen zerzaust und die Schultern wie ein Knabe in sich zusammengesunken.

Wie ein instabiles Kartenhaus, dachte Jo. Beim ersten Windhauch oder Widerstand fiele er in sich zusammen.

Jo hob eine Augenbraue. »Ist irgendwas?« Sie bemühte sich, neutral zu klingen. Es schmeckte ihr nicht, dass er ihr hinterherlief und keinen Ton rausbekam. Der Typ war ihr suspekt, irgendwie unangenehm. Jo hatte noch nie etwas mit schüchternen Männern anfangen können. Vielleicht hatte er auch nur zufällig den gleichen Weg? Aber sollte er nicht das Lager aufräumen, wie es ihm sein Großvater angeordnet hatte?

»Ich muss zum Hafen«, gab er kleinlaut von sich.

Jo entspannte sich innerlich nur leicht.

»Sind Sie von der Feuerwehr?«, kamen die zögerlichen Worte an ihr Ohr.

»Ja, das bin ich. Wir sind gestern auf der Insel eingetroffen.«

»Aber Sie sind *eine Frau*.« Seine Worte klangen ungläubig.

Jo stieg die Zornesröte ins Gesicht.

Was war das denn bitte für ein kleiner Chauvinist? Als ob Frauen nicht genauso anpacken konnten.

Sie schnaubte gereizt.

»Stell dir vor, das hast du richtig erkannt.«

Bevor Jo noch einen unangemessenen Spruch dranhängen konnte, machte sie auf dem Absatz kehrt und stapfte weiter. Sie waren hier zu Gast und sollten sich benehmen.

So ein Blödmann.

Sie ärgerte sich über ihn.

Also wirklich. Die Zeiten, in denen die Frauen am Herd zu stehen hatten, waren Jahrzehnte her.

Sie ignorierte seine schlurfenden Schritte hinter sich, die sie weiter beharrlich Abstand wahrend verfolgten und steuerte auf direktem Weg ihr Quartier an.

Die Haustür knallte und sie war ihn los. Ein unangenehmes Prickeln lief ihr den Nacken hoch. Irgendwie war ihr der Typ unheimlich.

Erstaunte Blicke erwarteten Jo, als sie sich ihre Jacke abstreifte und noch immer verärgert über diese dumme Bemerkung zur Couch im Wohnzimmer steuerte.

»Alles klar bei dir?«

»Ja, nein. Ach, der Enkel von dem Supermarktbesitzer ist ein *Idiot*. Mehr möchte ich nicht dazu sagen.«

Sie setzte sich und atmete einmal tief durch.

»Aha, okay. Wenn du drüber reden möchtest, sag gerne Bescheid.«

Jo sah ihn skeptisch an. Warum sollte sie mit ihm darüber reden wollen?

Na egal.

»Danke fürs Angebot. Aber ich habe keine Lust, mich weiter zu ärgern. Vergiss es einfach. Ist es nicht wert. Was geht bei dir so ab?«, wechselte Jo schnell das Thema.

»Ich habe mir den Plan der Insel noch mal angesehen und wollte gleich einen Spaziergang am Strand machen. Insel erkunden und so. Willst du vielleicht mit?«

Er stellte die Frage so beiläufig, dass sie ernsthaft darüber nachdachte.

Es lag keine Aufdringlichkeit in seinen Worten. Jo überlegte. Es wäre vielleicht keine schlechte Idee, sich mit der *Düne* vertraut zu machen. So, wie die vorige Crew es ihnen geraten hatte. Und es war trocken draußen, beste Voraussetzung, einen Punkt auf dem To-do-Zettel abzuarbeiten.

»Ja, ich komme mit. Gib mir noch ein paar Minuten. Ich muss mir was Wärmeres anziehen. Der Wind drückt ganz ordentlich in die Klamotten.«

Wer wusste schon, wie lange sie den Tag über draußen verbringen würden. Mit einer Erkältung wollte keiner von ihnen den Urlaub verbringen.

Sie erhob sich von der Couch und verschwand in ihrem Zimmer. Schnell noch einen Pullover drunter angezogen. Mit Mütze, Schal und Handschuhen bewaffnet stand sie einen gefühlten Wimpernschlag später vor ihm.

Auch er hatte sich dick eingepackt. Jo kam nicht umhin, sein Profil zu mustern. Seine breiten Schultern, dunkles, kurzes Haar und eine Ausstrahlung zum Stahl zerschneiden.

Huch? Was war das für ein merkwürdiger Gedanke. Vielleicht war der gemeinsame Spaziergang eine gute Gelegenheit, ihn ein wenig besser kennenzulernen. Einen Blick hinter seine Fassade zu erhaschen.

SECHS

T iefe Fußspuren zeichneten sich im Sand ab, als sie nebeneinander den Strand entlang gingen. Das Wasser grüßte mit jeder Welle, spülte Sand hin und wieder zurück. Kleine Muscheln glitzerten in der kalten Wintersonne und Jo genoss die Seeluft, die um ihre Nase fegte.

Sie unterhielten sich ausgelassen und umrundeten langsam, Schritt für Schritt, die Insel. Es überraschte Jo, wie ausgelassen und offenherzig er sich mit ihr unterhielt. Diese redegewandte Seite kannte sie von ihm bisher nicht.

Interessant.

Seinen Worten war kein wichtigtuerisches oder großspuriges Gehabe zu entnehmen, wie es Standard in der Wache war. Vermutlich das typische Verhalten unter Männern. Jeder wollte die dicksten Eier haben und der Geilste in der Runde sein. Wie kindisch Jo diese Brunftzeit immer fand.

Benahmen die Kerle sich immer nur so im betriebsreduzierten Gehirnmodus, wenn Frauen anwesend waren, oder auch alleine untereinander?

Dieses Rätsel würde sie wohl nie lösen können.

Auf jeden Fall war sie sehr angenehm überrascht, dass auch vernünftige Worte aus seinem Mund flossen und durchaus eine normale und anregende Unterhaltung mit ihm möglich war.

Jo lächelte. Mit jeder Stunde fing sie an, ihn mehr zu mögen.

Halt. Moment mal. Was dachte sie da? Ihn mögen? Oh ha. Na, das war ja eine interessante Richtung.

Ein unangenehmes Prickeln setzte sich auf ihren Nacken. Sie sah sich um, konnte außer ihnen beiden jedoch niemanden in der Umgebung ausmachen. Sie waren nicht mehr allein. Das spürte Jo. Aus welchem Grund auch immer sich die andere Person nicht zeigen wollte, aber sie fühlte sich beobachtet. Da sie niemanden ausmachen konnte, widmete sie sich wieder ihrem Gesprächspartner.

Es entging ihm nicht, dass sie sich aus ihrer Unterhaltung ausgeklinkt hatte und sich suchend umsah.

»Hast du was gehört oder gesehen?«

»Nein, das nicht, aber ich fühle mich hier wie auf dem Präsentierteller. Irgendwie merkwürdig. Ich kann es nicht wirklich beschreiben. Es ist nur so ein Gefühl, beobachtet zu werden. Eines der unangenehmen Variante.«

»Na, dann lass uns zurückgehen. Wir sind jetzt seit Stunden draußen. Wollen wir nachher einen Tee zusammen trinken beim Aufwärmen?«

Jo stimmte ihm lächelnd zu. Ihre Glieder waren schon fast steif gefroren und ihr Schrittziel des Tages hatte sie bei Weitem übertroffen. Auf dem Rückweg verschwand das unangenehme Gefühl wieder und Jo entspannte sich.

War wohl doch nur eingebildet.

Sie erreichten ihr Quartier und warfen den Wasserkocher an. Der Abend kam und sie bereiteten sich für ihre erste Nachtschicht vor.

Jo freute sich auf den grandiosen Ausblick in den Himmel. Es sollte laut Wetterbericht eine klare Nacht werden und durch die dunkle Insel gab es praktisch kein Licht, welches das Funkeln der Sterne trübte. Sie zogen sich warm an und holten sich die Sprechfunkgeräte aus der Aula, die Jo vorsichtshalber dabeihaben wollte, sollten sie sich trennen müssen. Mit der Zeit würde sie die Geräte nicht mehr brauchen, wenn sie sich an die Routine hier gewöhnt hatte, aber aktuell fühlte sich Jo wohler, wenn sie sie mitnahmen.

Lieber haben und nicht brauchen, dachte sie.

Sie klönten eine Weile mit den anderen Kameraden, die sich noch in dem ausladenden Gemeinschaftsraum aufhielten. Spike stellte sich als drittklassiger Kasper der Truppe heraus. Er konnte kaum einen Satz ohne merkwürdigen Wortwitz oder zweideutige Anspielungen rauslassen. Jo war nur mäßig beeindruckt. Da kannte sie aus der eigenen Wehr spitzfindigere Sprüche. Die Zeit verging und Einer nach dem Anderen verabschiedete sich für die Nacht. Es kehrte Ruhe ein. Auch draußen wurde es still, wie sie feststellte, als sie in die kalte Nachtluft traten, bereit für die erste Runde. Jo war es nicht gewohnt, praktisch nichts zu hören. Keine Autos, keine lauten Nachbarn, Flugzeuge, Vögel oder Grillen. Nur der Wind spielte sein eisiges Lied. Aus weiter Ferne hörte sie Wellen, die am Strand leise, rhythmisch ans Ufer schlugen. Es war einfach traumhaft.

Sie verfielen gemeinsam in vornehmliches Schweigen. Gingen leisen Schrittes die Bungalows entlang, um die Gäste nicht zu stören. Nachtruhe ab einer gewissen Uhrzeit war vorgeschrieben und es war die Aufgabe der Nachtwache, dafür zu sorgen, sollte sich jemand danebenbenehmen.

»Wenn man schnarchen dazu zählte«, musste Jo schmunzelnd leise flüstern, »dann haben wir hier einige Regelverstöße auf der Insel. Hörst du das? Da hat jemand sein Schlafzimmerfenster offen. Himmel, hoffentlich steht das Haus morgen noch.«

Ihr Kommentar ließ ihn lächeln.

»Du warst letzte Nacht auch nicht viel leiser.«

Jo riss erschrocken den Kopf herum. *Echt jetzt?* War sie so laut gewesen? Ach du Schreck. Sie sah ihn betreten an.

»Entschuldige. Ich habe eine rege Fantasie im Schlaf. Das kann ich leider nicht verhindern.«

Schmunzelnd sah er sie an.

»In dem Punkt bin ich ein Minimalist. Fantasievolle Träume habe ich eher im Wachzustand.«

Er sah ihr weiter in die Augen und grinste.

Oh ha. War das etwa eine eindeutig zweideutige Anspielung? Junger Mann, beherrschen Sie sich!

Jos Augenbraue wanderte nach oben.

»Aha. Und was wären das so für Träume?«

»My Lady, ich möchte Sie warnen. Stellen Sie keine Fragen, die Sie nicht auch bereit wären, selbst zu beantworten.« Sein Grinsen wurde süffisant.

Das war ein Treffer, musste Jo eingestehen.

Verdammt.

»Gut gebrüllt, Löwe«, war der einzige Konter, der ihr auf die Schnelle einfiel.

Sie merkte, dass er ihr immer sympathischer wurde. Er hatte den Kopf definitiv nicht nur als Regenschutz auf den Schultern. Da steckte ordentlich Musik drin. Sie verließen die Wohnbereiche und schlenderten die Trampelpfade – anders konnte Jo die Gehwege nicht bezeichnen – entlang.

Bald würden sie die kleine Siedlung und den Einkaufsladen passieren. Unregelmäßiger Lichtschein im Augenwinkel erregte Jos Aufmerksamkeit. Sie stutzte. Das Flackern gehörte da nicht hin. Sie berührte seinen Ellenbogen und deutete auf die Mülltonnen neben dem Geschäft.

»Komm schnell.«

Leichter gelblicher Flackerschein trat hervor.

»Die Tonne brennt«, gab Jo alarmiert, aber leise wieder.

Sie liefen hin und schaufelten mit den behandschuhten Händen so lange Sand in die Tonne, bis sie randvoll war. Nach kurzer Zeit war es wieder dunkel. Jo zog ihren Handschuh aus und hielt die Hand an den Klumpen Plastik. Temperatur strahlte der teilgeschmolzene Haufen, der mal eine Restmülltonne war, nicht mehr aus. Sie waren im richtigen Moment vor Ort gewesen. Hätten sie einen anderen Weg gewählt, hätte es böse für das Gebäude enden können. Es hatte nicht mehr viel gefehlt und das Dach, unter dem die Tonne zur Hälfte stand, hätte sich entzündet.

Wie konnte das passieren? Heiße Grillkohle war unwahrscheinlich um die Jahreszeit.

Jo sah sich um. Wieder erfasste sie dieses merkwürdige Gefühl, beobachtet zu werden. Ihre Nackenhaare richteten sich auf.

Okay, dieses Mal täuschte sie sich ganz gewiss nicht. Der Restmüll hatte sich mit Sicherheit nicht von allein entzündet. Hatten sie einen Feuerteufel auf der Insel? Oder einen durchgeknallten Teenager unter den Gästen, der Bock auf Ärger hatte? Oh verflixt, hoffentlich nicht.

SIEBEN

as sind keine guten Nachrichten. Wir sollten zur Vorsicht die Nachtschicht für alle verdoppeln. Wir haben hier nur begrenzte Mittel zur Verfügung stehen und wenn wir überrascht werden, wird's im wahrsten Sinne des Wortes heiß hergehen.« Alle Kameraden stimmten besorgt murmelnd zu. Keiner hatte Interesse daran, die Insel in einen Aschehaufen verwandeln zu lassen während ihrer Schichtzeit. Die Sicherheit ging vor. Da waren sie sich schnell einig geworden. Am Tage waren keine auffälligen Spuren erkennbar gewesen, die Rückschlüsse auf die Entstehung des Brandes hätten geben können. Neugierige Passanten hatten mögliche Abdrücke zunichtegemacht. Der Inhalt der Tonne, zumindest das, was noch identifizierbar war, bot ebenfalls wenig Anhaltspunkte. Da keiner von ihnen Brandermittler war, ließen sie es damit auf sich beruhen.

Sie einigten sich ebenfalls, mit dem Thema vorerst nicht an die Gäste heranzutreten. Falls Fragen aufkamen, wäre es vermutlich ein Unfall gewesen. Sollte es tatsächlich ein Feuerteufel sein, wollten sie verhindern, dass er Aufmerksamkeit bekam.

Die nächsten zwei Nächte blieb alles ruhig. Keine nennenswerten Ereignisse. Ein Gast hatte etwas über den Durst getrunken und wollte sich noch nicht mit der Nachtruhe einverstanden erklären, aber sonst nichts weiter.

Jo nutzte die Tage, um den Leuchtturmwärter über seine Lebensgeschichte auszuquetschen, schöne Geschenke für ihre Eltern und engen Freunde auszusuchen und zu verschicken.

Hoffentlich kamen sie noch rechtzeitig an.

Da Jo für Bastelarbeiten zwei linker Hände hatte, zückte sie lieber das Portemonnaie und suchte hübsche kleine Andenken aus. Mit dem Alten vom Markt kam sie öfter ins Gespräch und freundete sich mit ihm an – zumindest, soweit es in der Kürze der Zeit möglich war. Sie konnte den Kauz gut leiden und herzhaft über sein ausschweifendes Seemannsgarn lachen. Seinem Enkel begegnete sie in der Zeit nicht noch mal. Er war wie vom Erdboden verschluckt. *Merkwürdig, aber egal.*

Sie legte keinen gesteigerten Wert darauf, ihm zu begegnen. Der Alte hatte aus seinen wenigen Bemerkungen ihm gegenüber auch keine sonderlich erbauliche Meinung. Mit einem leicht schlechten Gewissen dachte sie an ihren Kameraden. Sie hatte ihre vorgefasste Meinung ihm gegenüber im Laufe der letzten Tage kräftig revidieren müssen. Er war ein intelligenter Mann, im Stande, kluge Gedanken zu äußern und auch so zu handeln. Seine großspurige Art war einfach ein Teil seiner Persönlichkeit, wenn er sich wohlfühlte und unter seinesgleichen war. Das fiel ihr auf, weil er mit den anderen Kameraden hier auf der Insel auch so zu sprechen begann, wie sie ihn von Diensten und Einsätzen kennengelernt hatte. Nicht so frei von der Leber weg wie zu Hause, aber seine typische Art schimmerte schon deutlich erkennbar durch.

Diese spezielle Art, wenn Männer ihre Muskeln spielen ließen, ob verbal oder körperlich. Ein ewiger Wettkampf, wer den höchsten Testosteronspiegel hatte. Da schoss er gerne mal übers Ziel hinaus.

»Wie sollte man seine Grenzen austesten, wenn man nicht im Stande war, diese anzusteuern«, hatte er zu dem Thema bei einem der Strandspaziergänge geäußert. Das war ein Standpunkt von ihm, der Jo zu Denken gab. Sie konnte dem wenig entgegenbringen. Er hatte damit recht. Wie hieß es so schön? Klappern gehörte zum Handwerk, wenn man Aufmerksamkeit erringen wollte. Jo konnte sich

vorstellen, dass es für die Herren der Schöpfung im Allgemeinen schwierig war, aus der Masse hervorzustechen, wenn es darum ging, die Aufmerksamkeit der Auserwählten zu erringen. Da gehörte eine gewisse Auffälligkeit dazu.

Frauen waren es gewöhnt, sich mehr oder minder aussuchen zu können, wen sie wollten. Wenn man Glück mit den Genen und was im Oberstübchen vorweisen konnte, ergänzte sie ihren Gedankengang. Männer jagten, Frauen ließen sich erobern. Er musste oft darum kämpfen, das zu bekommen, was er wollte. Es ergab in ihren Augen Sinn und rückte sein Verhalten aus der Vergangenheit in ein ganz anderes Licht.

Wollte er vielleicht ihre *Aufmerksamkeit erringen?*

Jo dachte darüber nach. In den letzten Tagen hatte er sich ihr gegenüber wie ein Gentleman verhalten. War auf ihre Worte konzentriert und hörte bedächtig zu. Auch wenn sie seine Aufmerksamkeit mit Kleinigkeiten auf die Probe stellte, wie sie ihren Kaffee zum Beispiel trank oder welche Art Brötchen sie lieber aß, hatte er jedes Mal mit Bravour bestanden. Jo beschlich der Verdacht, dass er sie nicht nur als Kameradin besser kennenlernen wollte. Die Art, wie er mit ihr sprach, sie ansah und mit ihr umging, deutete sehr darauf hin, dass er an mehr interessiert war. Verunsichert, ob sie sich da nicht in einer Sackgasse verrannte, sinnierte sie über ihn. Doch das Bild blieb in ihr hängen. Es passte einfach zu gut in sein Benehmen, dem Puzzle seiner Persönlichkeit.

Wussten ihre Kameraden vielleicht, dass er mehr von ihr wollte? Hatten sie deswegen solche Witze gerissen, als sie alle in der Umkleide von ihrem gemeinsamen Inselaufenthalt erfuhren?

Jo musste an ihre Jugendfeuerwehrzeit mit ihrem Schwarm denken. Da wussten auch Alle Bescheid, nur er nicht. Oder er zeigte damals nicht, dass er über ihre Gefühle im Bilde war. Ihre Wangen röteten sich. Sie musste zugeben, dass ihr der Gedanke überraschenderweise gefiel, dass er mehr von ihr wollen könnte.

Würde sie wirklich ihr Herz für ihn erwärmen und ihm eine Chance geben können?

Erstaunt bemerkte sie, dass aus *niemals* ein *vielleicht* wurde. Sie wollte es herausfinden. In ihrer nächsten Nachtschicht. Da waren sie allein und konnten schauen, ob sich eine Gelegenheit ergab, einen Schritt in diese Richtung zu gehen. Eine ungewohnte Aufregung erfasste Jo.

Sie hörte in Herzensangelegenheiten grundsätzlich auf ihr spontanes Bauchgefühl. Ihre Intuition hatte sie stets sicher geleitet und die guten von den schlechten Männern unterscheiden lassen. Und, sie konnte selbst kaum glauben, dass sie das dachte, er hatte inzwischen gute Aussichten auf Erfolg.

Aber was wäre, wenn er nur gewettet hatte, sie ins Bett zu bekommen? Wäre das möglich? Wie würde sie Ernst von Vortäuschung unterscheiden können?

Wie es aussah, konnte sie es nicht mit Bestimmtheit feststellen.

Da blieb ihr nur Eines. Ins kalte Wasser springen und es darauf ankommen lassen.

ACHT

hre gemeinsame Nachtschicht begann bald und Jo staunte über sich selbst, wie aufgeregt sie war. Sie fühlte sich wie ein aufgedrehter Teenager. Schmetterlinge tobten in ihrem Bauch umher und ließen ihre äußerliche Gelassenheit Lügen strafen.

Was war nur auf einmal mit ihr los?

Sie erkannte sich selbst kaum wieder. Immer öfter spürte sie, wie sie verlegen wurde, wenn sich ihre Blicke die letzten Tage trafen. Es würde nur noch eine Frage der Zeit sein, bis er es merkte. Wenn er es nicht bereits tat. Nun ja, es nützte alles nichts, sie würde es herausfinden. Mit kribbeligen Fingern zog sie sich in ihrem Zimmer dicke Kleidung über. Sie wollte bei den kalten Temperaturen auf keinen Fall zum zweibeinigen Eiszapfen mutieren. In der Daunenjacke kam sie sich wie ein Michelin Männchen vor – oder dem weiblichen Pendant dazu. Mit Blick in den Spiegel sah sie ihre Vermutung bestätigt.

»Ein riesiges Marshmallow auf zwei Stöckern.«

Na toll. Echt sexy, Jo. Du siehst einfach nur zum Anbeißen aus, wenn er auf dieses Zuckerzeug steht, führte sie ihren ironischen Satz gedanklich fort.

Wann wohl die ersten Schneeflocken fallen würden? Kalt genug war es ja bereits.

Ihr kamen Bilder in den Sinn, wie sie mit ihm Schneeengel am Strand machte, sich eine Schneeballschlacht lieferten und gemeinsam über die unberührte Decke kullerten, lachend und Spaß habend. Wie sie ineinander verschlungen liegen blieben, die Wangen erhitzt und außer Atem eng umschlungen. Wie sich ihre Gesichter annäherten, bereit, ihren Lippen den ersehnten Kontakt zu gewähren. Jo kribbelte der Bauch.

Oh man, das würde ihr gefallen.

Sie kehrte gedanklich zurück zu ihrer bevorstehenden Schicht. Hoffentlich war der Brand aus der ersten Nacht ein Einzelfall. Sie konnten nicht vorsichtig genug sein. Auch diese Nacht würden sie mit Funkgeräten losziehen. Sie hatten sich alle angewöhnt, in der Aula ein zusätzliches Gerät auf der gleichen Frequenz eingeschaltet zu lassen, damit sie Verstärkung rufen konnten, sollte es einen erneuten, derartigen Zwischenfall geben.

Oder Schlimmeres.

Sie ging aus ihrem Schlafzimmer in Richtung Wohnraum.

Da stand er, groß, gut aussehend und breitschultrig. Ein rundum schöner Mann, wie sie inzwischen fand. Ja, er hatte etwas mehr auf den Rippen, aber das passte auch zu ihm. Als tapeziertes Knochengerüst konnte sie ihn sich einfach nicht vorstellen. Er war genauso, wie er war, richtig und attraktiv. Die paar Klamotten über seinem Waschbrettbauch. Na und? Wen störte es denn schon. Ein wenig Chaos im Leben einer persönlichen Waschküche machte doch erst die Würze aus. Sie fing an zu lächeln, als er sie entdeckte und sie ansah, festnagelte. Ihr fiel auf, dass sie die letzten Tage immer öfter ihre Gesichtsmuskulatur nutzte. Es fühlte sich gut an, stellte sie zufrieden fest.

»Du siehst bezaubernd aus«, strafte er ihre Gedanken kurz zuvor in ihrem Zimmer lügen.

Sie zuckte innerlich die Schultern.

Wenn sie ihm gefiel und sie sich als Kleiderrollmops warmhielt, war es doch perfekt.

»Danke, du aber auch. Bereit, dir mit mir die Nacht um die Ohren zu schlagen?«

»Mit dir doch immer«, gab er schmunzelnd zurück.

Ding, die Glocke für die erste Runde im Ring schlug. Das Nummerngirl stolzierte im knappen Bikini einmal um sie herum durchs Wohnzimmer und verschwand wieder. Möge es ein fairer Kampf der Liebe werden.

Einen Moment.

Der *WAS*?

Da ging ihre Fantasie aber ordentlich ab. Hatte sie wirklich so einen harten Kurswechsel mit ihrer *Heizdüse* angesteuert?

Ihrer? Tja, Frage direkt beantwortet, resümierte sie und straffte die Schultern.

Sie begannen auf leisen Sohlen den Rundgang ums Dorf. Das Wetter war trocken und wieder kalt und windig. Jo spürte bereits den eisigen Wind in der letzten Kleiderschicht. An dem Zwiebelprinzip musste sie noch feilen. Durch den Reißverschluss ihrer äußeren Jacke drang kalte Luft. Sie trug darunter einen Cardigan, ebenfalls mit einem Reißverschluss in der Mitte.

Schwachstelle erkannt.

Nächstes Mal würde sie die Schichten abwechselnd mit durchgängigem Stoff und Frontöffnung anziehen. Immer im Wechsel. Pullover hatte sie genug eingepackt, sodass sie damit besser geschützt wurde. Jetzt war es für diese Nacht zu spät, noch mal umzukehren. Nun gut, sie würde aus dem Fehler lernen.

Im Dorf war es ruhig. Alle Gäste schliefen offenbar selig in ihren Betten. Sie gingen zum Hafen und starteten ihre große Runde. In der Ferne konnten sie das Leuchtfeuer des rot-weiß gestreiften Leuchtturms sehen. Es stach wie ein Lichtschwert weit hinaus auf See. Jo wusste nicht recht, wie sie ein Dialog anzetteln sollte. Ihr fiel es heute Nacht ungewohnt schwerer, ein zwangloses Gespräch aufzubauen. Schweigend gingen sie ihres Weges nebeneinanderher. Ihr wollte einfach kein unverfängliches Thema einfallen. Da kam ihr eine Idee.

Weniger reden, mehr handeln.

Wortlos rückte sie im Gehen näher heran und hakte sich in seinem Arm ein. Sie sah zu ihm auf und wartete gespannt, wie er reagierte. Zu ihrer Erleichterung drückte er ihren Arm kurz an seine Seite, zur Bestätigung, dass das für ihn in Ordnung war und lächelte ihr zu. Jo verbuchte den ersten Schritt der Annäherung als Erfolg. Schließlich hatte er ihren Vorstoß akzeptiert und begrüßt. Sonst hätte er sich von ihr sicher gelöst und wäre auf Abstand gegangen. Sie richtete ihren Blick wieder nach vorne und schmunzelte gegen den Wind an.

Sehr schön, die erste Runde ging an die toughe Frau der modernen Welt, die sich das holte, was sie wollte. Mal sehen, ob er mitzog und den nächsten Schritt machte. Ein erstes Signal hatte sie ihm ja jetzt gegeben. Sozusagen der erste Querpass auf eine Torchance. Ob er sie ergriff und vor allem, wie würde er ihn verwandeln, um einen Treffer zu erzielen?

Sie konnte spüren, wie sich die Chemie zwischen ihnen veränderte. Die Barrieren zwischen losen Bekannten und einem Paar begannen sich aufzuweichen. Jo fand diese Phase in einer Beziehungsentstehung immer am spannendsten. Verdutzt stellte sie fest, dass sie tatsächlich begann, an einer Bindung ernsthaft interessiert zu sein. Diese Fahrt in unbekannte Gewässer. Mit jedem Vorstoß musste man mit Untiefen rechnen. Dieses Herantasten an einen anderen Menschen. Das Überwinden von nicht genormten Grenzen, um zu dem zu werden, was ein Liebespaar ausmachte. Diese Zweisamkeit, die andere sofort erkennen ließen, dass da ein unsichtbares Band bestand, eine Verbindung, die aus zwei Individuen eine Partnerschaft schmiedete. Jos Herz schlug ihr bis zum Hals vor Aufregung. Es fiel ihr schwer, sich auf die Umgebung zu konzentrieren, weil ihre ganze Aufmerksamkeit auf die körperliche Verbindung ihrer ineinander verschränkten Arme fokussiert war.

*Himmel. Augen auf und Obacht, junge Dame. Du hast hier einen Job
zu erledigen und wirst nicht fürs Träumen bezahlt.*

Jo grinste in sich hinein.

Sie schritten die Pfade weiter entlang und an den Stellen, wo sie
nicht zu zweit nebeneinander passten, lösten sie sich kurz und hakten
sich gleich nach der Enge wieder ineinander. Das gefiel Jo sehr. Dieses Verhalten schuf eine Nähe zu ihm. Eine, der es keiner Worte
bedurfte. Ein transparenter Faden wurde gesponnen, der das Poten-
zial für ein starkes Band hatte, wenn ihre Herzen auf gleichen Kurs
zusteuerten und in gemeinsames Fahrwasser kamen.

Die ersten Stunden der Nacht vergingen rasant. Sie hatten ihren
Rundgang ohne Zwischenfälle beendet und kehrten durchgefroren
in der Aula ein.

Heißer Kaffee in einer der Thermoskannen wartete auf dem Tisch
auf sie. Eine Karte lehnte daran. *Wohl bekommts* – stand drauf.

Einer ihrer Kameraden hatte ihnen wohl etwas Gutes tun wollen,
überlegte Jo. Sie war froh, die heiße Tasse nach dem Eingießen in
die Hände zu bekommen. Ihre Finger fühlten sich an wie gefrore-
ne Fischstäbchen – und das trotz dicker Handschuhe und innerer
Hitze. Sie hielt die Tasse unter ihre Nase, um den Duft des frisch
gebrühten Kaffees einzuatmen.

Im gleichen Augenblick hielt sie inne. Irgendetwas roch daran
merkwürdig, irgendwie *falsch*. Gerade wollte ihr Partner zum ersten
Schluck ansetzen, als Jo ihn schnell davon abhielt.

»Warte mal. Riech bitte erst dran. Vielleicht habe ich ja nur Hal-
luzinationen, aber ich habe so eine komische Duftnote in der Nase.
Hast du die auch?«

Er führte seine Tasse zur Nase und sog den Dampf ein, noch einmal, und stellte sie auf dem Tisch ab.

»Ja, geht mir auch so. Der riecht merkwürdig. Anders. Kaum
merklich, aber jetzt, wo du mich fragst, muss ich dir recht geben.«

Sie sahen sich, die Stirn in Falten gelegt, an.

Interessant. Wer hatte ihnen den Kaffee vorbereitet?

Jo dachte kurz nach.

Der Kaffee war noch ganz heiß. Er konnte demzufolge noch nicht lange auf dem Tisch gestanden haben.

Sie sahen sich um, ob außer ihnen noch jemand anderer im Haus wach war.

War die Tür zur Aula abgeschlossen oder frei zugänglich von außen?

»Weißt du noch, ob die Tür verschlossen oder offen war, als wir reinkamen? Ich habe nicht darauf geachtet. Falls sie offen war, hätte jeder hier hereinspazieren können.« Jos Gedanken begannen zu rasen.

Was war in dem Kaffee? Wenn es etwas Giftiges war, wem galt der Anschlag? Und aus welchem Grund? Wer könnte es getan haben? Und was bezweckte die Person damit?

Jo dachte laut »Wir sollten den Kaffee sicherstellen, um ihn analysieren zu lassen, sollte das keine Überraschung von einem unserer Kameraden sein. Ein morbider Scherz oder eine spezielle Sorte will ich hier nicht ausschließen, aber ich werde das Gefühl nicht los, dass damit etwas nicht stimmt. Wie siehst du das?«

Er sah finster zu ihr rüber und nickte knapp.

»Ja, das würde ich auch sagen. Ich trinke regelmäßig verschiedene Bohnen, aber das, was da drin ist, kann ich vom Geruch nicht zuordnen. Wir sollten ihn beiseitestellen und mit einem Zettel versehen, dass der nicht angerührt werden darf. Ich prüfe mal den Geruch der offenen Packung, ob unser Vorrat noch normal riecht.«

Er ging in die Küchenzeile und holte die Dose hervor. Nach kurzer Prüfung kam er zu ihr zurück und schüttelte den Kopf. Der Kaffee war in Ordnung.

Okay. Dann wurde wahrscheinlich in den Fertigen etwas hinzugefügt. Aber aus welchem Grund sollte das jemand machen?

Ihr wollte keiner einfallen.

Hatten sie jemandem hier auf der Insel unbewusst auf die Füße getreten?

Jo war so vertieft in ihre Gedanken, dass sie sein Näherkommen nicht bemerkte.

Lange, muskulöse Arme umschlossen ihren Leib langsam zärtlich von hinten.

»Was immer hier los ist, ich passe auf dich auf, okay?«, sprach er leise, aber bestimmt. Jo merkte erst jetzt, wie ihr ein Teil der Last, der Sorge um sie, von den Schultern abfiel. Er beschützte sie. So, wie sie es ihm gleichtun würde.

»Und ich gebe auf dich acht.« Jo lächelte, als sie ihm in leisem Ton das Versprechen gab und seine umschlungenen Arme fester an sich drückte.

Die Sekunden des darauffolgenden Schweigens und der Nachhall ihrer vertraulichen Versprechen dehnten sich aus. Sie schmiegte sich mit ihrem Rücken an seine breite Brust und genoss die intime Zweisamkeit. Es fühlte sich erstaunlich gut und aufrichtig an. Sie hatte das Gefühl, dass ihr mit ihm an ihrer Seite nichts passieren konnte. Sie passte genau in seine Arme.

Ihr perfektes Gegenstück?

Er war die ganze Zeit in ihrer Reichweite und sie hatte ihn nicht bemerkt.

Wie blind man doch durch die Welt ging, sinnierte sie und schloss für einen Moment die Augen.

NEUN

Was immer der Grund hierfür ist, Ihr habt richtig gehandelt. Wir haben es also nicht nur mit einem potenziellen Feuerteufel, sondern auch mit einem Verrückten zu tun. Vermutlich handelt es sich dabei um ein und dieselbe Person.« Die Stimme des Helgoländer Wehrführers hallte durch das Telefon, das für alle in der Runde auf Laut geschaltet wurde.

Nachdem die übrigen Kameraden am nächsten Morgen wach waren, hatten sie sich in der Aula zur Lagebesprechung versammelt.

Es stellte sich heraus, dass es sich bei dem ominösen Kaffee tatsächlich nicht um einen Scherz handelte. Spike schüttelte vehement mit erhobenen Händen den Kopf und beteuerte, damit nichts zu tun zu haben. Sie beschlossen, diesen Vorfall und den aus der ersten Nacht zu melden. Hier wurde ein Spielchen gespielt, das sie nicht verantworten konnten, und es wurde Zeit, Hilfe einzuholen.

»Ich werde mich mit der Polizei beraten, wie wir weiter vorgehen. Die Maßnahme der doppelten Nachtbesetzung war genau richtig. Führt das so fort. Bleibt wachsam und meldet umgehend, wenn euch etwas merkwürdig vorkommt. Ich rufe zurück, wenn wir geklärt haben, wie es weiter gehen soll. Bis später.«

Jo rieb sich die Wangen. Die Nachtschicht war, von dem Schreckmoment abgesehen, unauffällig verlaufen. Bei ihrem zweiten Rundgang war alles normal und ruhig geblieben. Jo gähnte herzhaft. Sie war hundemüde und mit den Nerven am Ende. Die ganze Zeit hatte sie überlegt, was los war, warum jemand das tat. Es wurde höchste Zeit für eine Portion Schlaf. Sie verabschiedete sich aus der Runde und ging zu ihrem Bungalow.

Vor der Haustür lag eine einzelne rote Rose auf dem Boden. Eine Schleife war um den Stiel gewickelt.

Ach, das war ja süß. Wann hatte er denn die Zeit gefunden, sie ihr zu besorgen?

Jo hob sie auf, roch daran und trat mit einem Lächeln auf den Lippen ins Haus. Sie schloss die Tür hinter sich, holte ein Glas, füllte es mit Wasser und stellte die Blume hinein.

Auf dem Couchtisch käme sie gut zur Geltung.

Müde ging sie in ihr Zimmer und zog sich für ihr Schläfchen den Pyjama an. Einen Wecker stellte sie sich nicht. Sollte ihr Körper so viel Erholung bekommen, wie er brauchte. Kurze Zeit später war sie eingeschlafen.

Eine große Hand strich ihr sanft über den Rücken, liebkoste in kreisenden Bewegungen ihre Haut. Sie sah ihn an, versank in seinem elektrisierenden Blick aus Wärme und Leidenschaft. Tiefblaue, wunderschöne Augen, von einem schwarzen Wimpernkranz umzogen, fixierten sie, nagelten sie fest. Das Feuer im Kamin knisterte leise und wärmte ihre Körper. Eine Ecke des riesigen Kunsthaarfells kitzelte ihr in der Nase, als sie ihren Kopf senkte. Sie lag, wie die Natur sie geschaffen hatte, auf dem Fell am Boden, mit ihm. Ihre Glieder ineinander verschlungen. Seine Blicke auf ihrer Haut spürend rekelte sie sich unter ihm und genoss jede seiner hauchzarten, federleichten Fingerspitzen, wie sie unerträglich zart und langsam ihren Körper entlangfuhren und ihre Kurven erkundeten. Er neigte den Kopf und zog eine Bahn aus Küssen ihren Arm hinauf. Ein Schauer der Erregung durchzog Jo. Seine weichen Lippen arbeiteten sich sanft an ihrer Schulter, ihrem Hals entlang. Die Berührungen setzten Jo in Brand. Heiß kochte ihre Leidenschaft hoch, gierig nach mehr von ihm. Ihr Verlangen drohte, sie zu übermannen. Sie wollte ihn mit Haut und Haar. Alles an ihm brachte sie um den Verstand. Sein

Mund kam ihrem immer näher. Feuer knisterte hinter ihr. In ihr. Sie roch seinen berauschenden Duft, saugte tief Luft ein, um mehr von ihm aufzunehmen. Sich ihm zuwendend, strich sie mit den Fingern über seine breite Brust, seine Schultern und seinen nicht enden wollenden Rücken. So nah vor ihren, vor Begierde überempfindlichen Lippen, verharrten die seinen.

»Ich will dich«, hauchte er ihr mit tiefer Stimme zu. Ein weiterer Schauer brandete in ihr auf. Sie wollte ihn auch. Sie zog ihn an sich. Ihre Lippen berührten sich und eine Explosion von Gefühlen rauschte durch Jo hindurch. Gefesselt von dem Drang, ihm noch näher zu sein, schlang sie ihre Arme fest um ihn. Weich und zugleich hart pressten sie ihre Körper aneinander. Nicht bereit, auch nur einen Millimeter zurückzuweichen.

Ein Knall ließ sie hochschrecken.

War da gerade ein Glas heruntergefallen?

Sie stieg noch benommen von ihrem Traum aus dem Bett und warf sich ihren Bademantel über. Mit den Armen verschränkt, den Mantel um sich geschlungen, betrat sie den Flur, der im Wohnzimmer mündete.

Was war da los?

Barfuß gelangte sie zum Ende des Flurs und sah, wie ihr gerade noch nackter, jetzt angezogener Traummann neben dem Couchtisch kniete und Glasscherben einsammelte.

»Warte, ich helfe dir«, begann Jo und wollte sich gerade in Bewegung setzen, als er warnend aufblickte.

»Nein, komm nicht näher. Ich weiß nicht, wie weit die Stücke geflogen sind. Es könnten hier überall noch Splitter liegen. Du hast keine Schuhe an. Ich schon. Bleib einfach dort stehen, okay?«

Er wirkte auf sie nicht sonderlich glücklich. Die Schultern angespannt, die Stirn in tiefe Falten gezogen.

War etwas passiert, seit sie zu Bett gegangen war?

»Ist bei dir alles in Ordnung?«, fragte sie in einem besorgten Tonfall.

Er sah auf und schüttelte den Kopf.

»Ich frage mich, wo die Rose herkommt. Hast du einen heimlichen Verehrer, den du mir nicht vorstellen willst?«

Jo stockte der Atem vor Überraschung.

Moment mal. War sie etwa nicht von IHM?

»Hast etwa nicht *du* die Rose vor die Tür gelegt?« Jos Augen wurden groß.

Mit zerknirschtem Gesicht schüttelte er den Kopf.

»Nein, die war nicht von mir.«

Oh.

OH!

Jos Nacken begann zu kribbeln. Schon wieder.

»Ich glaube, meine hauseigene Alarmanlage hat gerade ausgelöst. Ich habe eine Geierpelle vom kleinen Zeh bis in die Haarspitzen. Okay, jetzt wird es gruselig.«

Sie schüttelte ihr Unbehagen ab und rieb sich an den Oberarmen die Gänsehaut weg.

Hier stimmte etwas nicht.

Er puzzelte die Scherben an die Überreste des Glases und gab ihr ein Handzeichen, dass sie eintreten konnte. Alle waren gefunden und aufgehoben.

Jo ging zur Küchenzeile und holte die Haushaltsrolle aus dem Regal. Gemeinsam wischten sie den Boden trocken und setzten sich anschließend auf die Couch. Sie sahen einander schweigend an und nahmen sich in den Arm.

»Ich verstehe nicht, was hier los ist«, sagte Jo leise an seine Brust gelehnt.

»Ich weiß es auch nicht. Aber wir werden es herausfinden, in Ordnung? Ich lasse nicht zu, dass dir was passiert«, wiederholte er die Worte bekräftigend vom Vorabend. Jo nickte.

Das sollten erholsame und besinnliche Festtage werden und kein Horrortrip auf einer einsamen, winzigen Insel.

»Was hältst du davon, wenn wir es uns gemütlich machen und den Heiligabend hier im Haus verbringen. Oder möchtest du lieber zu den Anderen nach nebenan?«

Jo überlegte kurz.

Einen romantischen Abend zu zweit, in abgeschiedener Umgebung und den Kamin anwerfen – dieses Bild kam ihr vertraut vor – klang sehr verlockend. Aber war Weihnachten nicht das Fest, an dem man gesellig war?

»Ich schlage vor, wir besuchen die Jungs auf ein Schluck Glühwein oder so, und danach können wir es uns hier gemütlich machen. Was hältst du davon?«

»Klingt nach einem Plan.« Er lächelte sie an. »Aber in *dem* Aufzug dürfte es ein lustiger Abend auf deine Kosten werden.«

Jo sah an sich herab. Ihr Morgenmantel hatte sich geöffnet. Darunter lugte ihre Nachtwäsche vor. Auf ihrem Pyjama turnten Einhörner und Kobolde herum, die Töpfe voll Gold mit sich trugen, und Regenbögen waren überall dazwischen bunt verstreut.

Tja, damit würde sie zur Lachnummer mutieren.

Jo errötete. Es genügte ihr vollauf, dass er sie so zu Gesicht bekommen hatte.

»Es wäre zumindest ein denkwürdiger Auftritt«, gab sie spöttisch wieder. Sogleich schüttelte sie den Kopf und erhob sich von der Couch.

»Dann ziehe ich mir mal vertretbare Sachen, die für den Abend tauglicher sind, an. Bleibst du so?«

Er nickte knapp.

Okay, dann also kein feiner Zwirn, sondern eher leger. Auch gut. Es kamen noch genug Anlässe, ihr scharfes, eng anliegendes Kleid hervor-zuholen.

Trotz ihres anfänglichen Gräuels, mit ihrem *speziellen* Freund die Inselzeit zu verbringen, hatte sie den Gedanken, vielleicht einen netten Kameraden kennenzulernen, nicht über Bord geworfen. Und siehe da, es kam anders als erwartet. Ausgerechnet er wurde zu dieser besonderen Person, ihrem Weihnachtswunder. Gut, er hatte erst ihre vorgefasste Meinung überwinden müssen, aber als er Jo dazu brachte, die Scheuklappen abzulegen, gelang es ihm, ihr Herz zu erreichen und sie im Sturm zu erobern. Jo lächelte in sich hinein. Sie konnte ihr zweibeiniges Weihnachtsgeschenk sogar mit nach Hause nehmen.

Oh weh. Geschenk. Siedend heiß fiel ihr ein, sie hatte ja überhaupt kein Geschenk für ihn. Mist.

Sie überlegte fieberhaft.

Okay, etwas, das er auspacken konnte.

Worüber er sich freuen könnte.

Ah, Idee!

Jo öffnete ihr Unterwäschefach von der Kommode und holte ihre heißesten Dessous vor. Sie grinste über beide Ohren.

Frohe Weihnachten, mein Großer.

ZEHN

Die Männer aus der Nachbarhütte hatten das reinste Kompaniemahl gekocht. Der Tisch in der Aula wurde für alle festlich gedeckt und Kerzen angezündet. Lichterketten erhellten den Raum und schufen ein gemütliches Ambiente. Sie aßen, tranken und lachten ausgelassen bis tief in die Abendstunden. Ab Beginn der Nachtruhe stellten sie die Musik leiser, um die übrigen Gäste nicht zu belästigen, aber der Stimmung tat dies keinen Abbruch. Weihnachtslieder liefen im Hintergrund und Gespräche füllten den weihnachtlich hergerichteten Raum aus. Es herrschte eine lockere Atmosphäre. Jo wurde von einem nach dem anderen zum Tanz aufgefordert. Der Letzte des Abends jedoch gehörte IHM. Eine Ballade wurde angespielt. Kleine Lichter flackerten auf den Tischen und vervollständigten die romantische Stimmung. Er trat an ihren Platz und hielt ihr seine Hand hin.

»Darf ich bitten?«, raunte er ihr zu.

Jos Augen glänzten. Wie sie sich darauf gefreut hatte.

Sie ergriff seine dargebotene Hand und ließ sich von ihm auf die Tanzfläche führen. Er zog sie behutsam an sich und begann, langsam dem Takt der Melodie folgend, mit ihr zu tanzen. Eine ihrer Hände ruhte auf seinem Oberarm, die andere lag in der Seinen. Angenehme Wärme strahlte von ihm aus. Er war ein guter Tänzer, wie sie sehr erfreut zur Kenntnis nahm. Geschickt lenkte er sie in eine Drehung, zog sie wieder an sich und führte sie quer durch den Raum. Jo lachte immer wieder kurz auf, wenn er sie unerwartet in eine neue Figur lenkte. Sie war sich seiner Nähe überaus deutlich bewusst. Dieser permanente Körperkontakt mit ihm. Ihr ganzer Körper wurde in erregende Schwingungen versetzt. Seine Hand an ihrer Taille ließ ihr einen wohligen Schauer den Rücken hochfahren. Sie wollte mehr von diesem Mann. Ihn erobern und in Besitz nehmen. Es wurde Zeit für die Bescherung, beschloss Jo.

Heute Nacht.

»Ich habe ein Geschenk für dich«, säuselte sie ihm leise ins Ohr »aber du darfst es erst nachher auspacken, wenn wir zurück sind.« Jo sah ihn verschmitzt an, was ihr ein breites Grinsen einbrachte.

Dieses Lächeln, so verboten süß.

»Das trifft sich gut, denn meines darfst du auch erst später öffnen.« Jo sah ihm erstaunt in die Augen und platzte im gleichen Moment fast vor Neugier. Sie war gespannt, was er sich ausgedacht hatte. Aber ein klein wenig musste sie die Spannung noch aushalten.

Verflixt, konnte der Abend nicht endlich zu Ende gehen?

Geduld gehörte nicht zu ihren Tugenden, musste sie resigniert eingestehen. Aber schön, Vorfreude war auch eine Form der glücklichen Emotionen. Sie würde sich gedulden, auch wenn es sie schier um den Verstand brachte.

Aber was war, wenn ihm ihr Geschenk nicht gefiel? Ob sie für ihn attraktiv genug aussah? Was war, wenn sie seine Signale falsch deutete?

Ein Anflug von Panik ergriff sie. *Litt sie an Selbstüberschätzung? Sie wäre arrogant zu glauben, dass ihr jedes männliche Wesen hinterhersteigen wollte. Er war kein instinktgetriebenes Tier, welches nur auf das Eine fixiert war. Nein, halt! Keine Selbstzweifel aufkommen lassen, Mädel. Das war unsinnig. Nicht verrückt machen lassen. Seine Signale waren deutlich genug. Da lag knisternde Spannung in der Luft, wenn sie zusammen waren. Es wird ihm gefallen. Ganz bestimmt. Schließlich gab es jede Menge Schleifen, an denen er ziehen konnte, bis er sie ausgepackt hätte. Der Spielfaktor war gegeben. Durchatmen, lass es laufen. Sollte sie sich widererwartend irren, konnte sie noch spontan alles abblasen.*

Bei dem Gedanken schoss ihr Blut die Wangen empor.

Oh Jo, du böses Mädchen.

Sie fasste sich wieder und straffte die Schultern. Die Musik verklang in weiter Ferne. Sie verharrten schweigend in inniger Haltung und sahen sich in die Augen. Er hatte eine verboten attraktive Ausstrahlung. Seine Blicke ließen ihre Knie weich werden. So intensiv, stahlhart und direkt. Er konnte Bände sprechen, ohne auch nur ein einziges Wort zu verlieren.

Dass ihr das früher nie aufgefallen war.

»Siehst du, worunter wir stehen?«, flüsterte er ihr leicht gebeugt ins Ohr.

Jo hob lächelnd ihren Blick. Ein Mistelzweig hing über ihnen herab.

Wo kam der denn her?

Sie hatte ihn zuvor gar nicht bemerkt. Jos Wangen leuchteten glühend heiß und ihre Mundwinkel zogen sich weiter nach oben.

»Interessant. Na, wenn das mal kein Zufall ist«, sprach sie mit verführerischer Stimme zu ihm auf.

Seine Lider senkten sich halb, den Blick auf ihre Lippen gerichtet.

Oh Himmel, es passierte wirklich!

Jos Herzschlag beschleunigte sich, donnerte inzwischen ohrenbetäubend in der Brust. Sein Oberkörper beugte sich langsam zu ihr herab. Sie schloss ihre Augen, den Kontakt schmerzlich herbeisehnend. Warme und weiche Lippen erreichten voller Zärtlichkeit ihren Mund. Sie sog tief Luft durch die Nase ein, so überwältigt von dem, was sie zu spüren begann. Im Augenblick ihrer Berührung explodierte in Jo ein Feuerwerk. Lust und Leidenschaft nahmen ihren Körper in Besitz. Seine Lippen passten perfekt auf ihre. Sie seufzte auf und schwebte davon, ihren Verstand hinter sich lassend. Jegliches Zeitgefühl verlierend konzentrierten sich all ihre Sinne auf ihn. Der innige Kontakt berauschte sie, ließ sie förmlich in seinen Armen dahinschmelzen. Nicht bereit, diesen Ort der elektrisierenden Wonnen je wieder zu verlassen.

Sie öffnete ihre Lippen für ihn. Kein Traum konnte sie darauf vorbereiten, was sie erwartete. Nicht mal ansatzweise.

Eine Schockwelle durchquerte ihren Körper. Alles in ihr zentrierte sich auf den einen Punkt ihrer Verbindung, wo sich ihre Zungen das erste Mal berührten. Seinem berauschenden Geschmack ergebend. Jo entfuhr ein Keuchen, das ihr durch Mark und Bein ging. Fokussiert auf ihn, seinen Körper, seinen Duft, seinen betörenden Geschmack. Es gab nur noch seine Lippen auf ihren, seine Essenz mit ihrer verbunden. Jo fühlte dicht an seiner Brust, wie sich seine Atmung beschleunigte, wie sich seine Arme fester um sie schlossen. Er nahm sie in Besitz. Eroberte sie im Sturm der Ekstase. Die Zeit verlangsamte sich und blieb stehen, der Raum um sie herum verschwand. Der Moment, in dem die Erde zum Stillstand kam und nur noch sie beide übrig waren.

Leises Gelächter erklang aus weiter Ferne.

»Jungs, ich glaube, wir sind hier überflüssig. Lassen wir die zwei Turteltauben lieber allein. Viel Spaß und übertreibt es heute Nacht nicht. Denkt dran, Nachtruhe und so«, witzelte Spike den letzten Satz lauter von der anderen Seite. Jo hörte, wie sie geschlossen den Raum verließen.

Sie waren allein. Jo löste sich peinlich berührt aus seiner Umarmung.

Was dachten die Jungs jetzt nur von ihr. Wie unangenehm, die Feier derart zu sprengen. Wobei, es war wirklich schon spät. Vielleicht war es einfach die perfekte Gelegenheit, Feierabend zu machen und schlafen zu gehen.

An Schlaf konnte Jo nicht denken. Ihre Sinne waren hellwach und verlangten nach mehr von dieser Kostprobe. Ein Blick in sein Gesicht zeigte ihr, dass es ihm genauso erging. Sie pusteten gemeinsam die noch brennenden Kerzen aus, schalteten die Lichter aus und verließen, die Finger ineinander verschränkt, schweigend den Raum. Es waren keine Worte nötig. Nicht bei der aufgeheizten Stimmung zwischen ihnen.

Kaum hatten sie die Haustür ihres Bungalows hinter sich geschlossen, lagen sie sich stürmisch küssend in den Armen. Zeit für Zärtlichkeit wurde auf später verlegt. Sie rissen sich die Kleider vom Leib, fielen wie hungrige Raubtiere übereinander her. Gierig nach mehr voneinander gingen sie eng umschlungen, eine Spur aus Kleidungsstücken hinterlassend, den Flur entlang. Mit geschickten Fingern entkleidete er sie bis auf die Unterwäsche. Ihr gelang es in der Zeit, seine muskulöse Brust vom Hemd zu befreien. Am Gürtel brauchte sie kurz seine Hilfe. Das blöde Ding wollte einfach nicht aufgehen.

»Zu mir oder zu dir?«, flüsterte Jo und unterbrach damit ihren Kuss.

Er lachte kurz auf und umschloss ihre Lippen wieder mit den Seinen. Mit seinen großen Händen auf ihrem Po dirigierte er sie in sein Schlafzimmer, hob sie an und legte sie vorsichtig aufs Bett.

Leuchtend strahlende Augen musterten Jo, sogen das Bild, das sie ihm bot, genüsslich in sich auf. Seine Fingerspitzen wanderten über ihren erregten Körper, verharrten an den kleinen rosa Schleifen, die den Hauch von Stoff an Ort und Stelle hielten.

»Eine wirklich hübsche Verpackung hast du dir da ausgesucht. Darf ich?«

Jo keuchte auf und rang sich ein kurzes Kopfnicken ab.

»Ja, du darfst«, brachte sie noch heraus, ehe sie von ihrer Begierde überrollt wurde und seinen Kopf wieder an sich drückte. Nach mehr von diesen Lippen verlangend. Langsam zog er an den Bändern, enthüllte die letzte noch verbliebende Schicht, die ihre Haut bedeckte.

»Hat dir mein Weihnachtsgeschenk gefallen?«

Jo lag mit ihrem Kopf auf seiner nackten Brust, die schwarzen Haare wie ein Fächer über ihm ausgebreitet und lauschte versonnen seinem Herzschlag. Mit einem Finger fuhr sie an seinen kurzen Brusthaaren kreisende Figuren und genoss seine zärtlichen Berührungen auf ihrem Rücken.

Ein befriedigtes Knurren entfuhr seiner Kehle. »Oh ja, sehr sogar. Es war eine schöne Überraschung. Und es passt wunderbar zu meinem Geschenk.«

Jo hob den Kopf.

»Ach ja?«

Mit einer Hand griff er zur Kommode neben dem Bett und zog eine kleine Schachtel hervor.

»Frohe Weihnachten.«

Sie nahm das Kästchen an sich, gespannt darauf, was sich darin wohl befand.

Die Schatulle war schwerer, als sie aussah. In der Hand wog sie vorsichtig ihr Gewicht. Sie konnte ihre Neugierde nicht mehr bremsen und öffnete es.

Da war ein kleiner, rötlich und gelblich schimmernder Kristall in Form eines Herzens, eingebettet in schwarzem Samtstoff.

Das Herz eines Feuerwehrmanns.

In Jo wurde es warm in der Brust.

Was für eine schöne Geste. Und in Anbetracht ihrer Leidenschaft für das Ehrenamt auch für den Fall, dass nicht mehr aus ihnen wurde, eine wundervolle Idee.

»Es ist wunderschön. Wie bist du darauf gekommen? Und wo hast du es her?«

Er schmunzelte. »Der Alte von dem Laden hat mir einen kleinen Freundschaftsdienst erwiesen und hat es von der Hauptinsel mitgebracht.«

Jo war sprachlos.

Er hatte einen echt guten Riecher, wie man das Herz einer Frau er-oberte. Respekt. Das war ein perfektes *Geschenk.*

Jo lächelte in sich hinein. Also hatte er einen Verbündeten auf der Insel. Damit hatte sie nie im Leben gerechnet.

Sie umarmte und küsste ihn zum Dank innig. Daraus wurde schnell mehr und sie begannen von Neuem, sich zu lieben.

ELF

Der erste Weihnachtstag begann mit Nieselregen.

Die wenigen Gäste der Insel begrüßten sich und wünschten sich frohe Weihnachten. Mit Regenschirmen bewaffnet tummelten sie sich in der Mitte des kleinen Dorfplatzes. Ein buntes Farbenmeer in der sonst eher eintönigen Umgebung.

Heißer Dampf entwich den Tassen der umstehenden Gesellschaft. Es wurde gelacht und sich angeregt unterhalten.

Obwohl es erst Nachmittag war, wurde es wieder dunkel. Lichterketten leuchteten an den Dachgauben und verwandelte das Dorf in ein kleines Weihnachtswunderland.

Jo sah in den Himmel. Nicht mehr lange bis zum dicken Schneefall. Die ersten Ansätze von Flocken rieselten bereits herab.

Vielleicht wachten sie am zweiten Weihnachtstag mit einer Schneedecke auf?

Wie im Märchen, dachte Jo und hob ihre Tasse an den Mund.

Die Nacht gehörte wieder ihnen für die Wache. Sie hoffte sehr, dass sich die Ereignisse der letzten Schichten nicht verschlimmerten.

Von ihrem Rosenkavalier war weit und breit keine Spur. Wer ihr die wohl hingelegt hatte?

Starke Arme umschlossen sie und sie sank selig an seine Brust. Sie fühlte sich pudelwohl. Wie sehr sich doch ihr Leben in so kurzer Zeit verändern konnte.

Ihre Kameraden beglückwünschten sie, wünschten ihnen herzlich alles Gute für die Zukunft. Es kam wohl nicht jeden Tag vor, dass sie den Beginn einer Liebesgeschichte miterlebten.

Als sich die Traube aus dick eingepackten Menschen allmählich auflöste, zogen sich Jo und ihr frischgebackener Freund zurück ins Warme.

Sie feuerten den Kamin an und genossen die Zweisamkeit in ihrem gemütlichen Heim. Es dauerte nicht lange, bis sie sich so, wie Jo es an Heiligabend geträumt hatte, vor dem Kamin wiederfanden.

Wenn das mal keine Prophezeiung war.

Die Nacht verging und der Morgen graute. Nachdem sie aufgestanden und mit dem Frühstück fertig waren, zogen sie sich für einen ausgedehnten Spaziergang an. Jo war schneller fertig und öffnete schon mal gut gelaunt die Haustür. Ihr Blick erfasste etwas auf dem Boden und wanderte abwärts.

Was zum Teufel?

Oh verdammt.

Jo riss die Hand vor den Mund und knallte die Tür schnell wieder zu.

»Was ist los?«, kam die alarmierte Stimme aus ihrem Rücken. Sie hörte seine schnellen Schritte auf sich zukommen. Blass deutete sie zum Eingang und ging zur Couch. Sie musste sich erst mal setzen. Angespannt öffnete er die Tür und besah sich den Grund ihres Schrecks.

Jo atmete tief durch.

Ein toter Vogel lag mitten im Eingangsbereich. Das Genick unnatürlich verdreht. Das arme Tier war nicht von alleine umgekommen.

»Da hängt ein Zettel um den Hals. *Sünderin* steht drauf. Was ist das denn für ein kranker Scheiß!« Er zog sich die Jacke zu und holte eine Kehrschaufel aus der Küche. »Warte hier. Ich entsorge mal das arme Vieh. Bin gleich zurück. Beweg dich nicht vom Fleck und schließe die Tür hinter mir ab, okay? Sicher ist sicher.«

Jo nickte stumm.

Kurze Zeit später versammelten sie sich in der Aula.

Jo war immer noch kreidebleich um die Nase. Hatte sie hier auf der Insel etwa einen Stalker? Damit hatte sie überhaupt keine Erfahrungen. Wie sollte sie damit umgehen?

In großer Runde telefonierten sie erneut mit dem Wehrführer und schilderten den Vorfall.

»Das klingt überhaupt nicht gut.« Der Wehrführer fluchte in den Hörer. »Passt gut aufeinander auf. Ich gebe das an die Behörde weiter.«

Jo fröstelte, ihr graute es vor der nächsten Nachtwache. Was kam als Nächstes? Sie wollte sich nicht vorstellen, zu was der Irre noch im Stande war.

»Okay, Leute, offenbar konzentriert sich der Penner auf Jo. Wir sollten heute Nacht mit mehr Leuten Bereitschaft machen. Dann verteilen wir die Verantwortung auf mehrere Schultern und sechs Augen sehen mehr als vier.« Jo war ihm dankbar, dass er das Ruder übernahm, für sie stark war.

Einstimmiges Gemurmel erklang.

»Gut, dann ist das beschlossen. Wer meldet sich freiwillig?«

Spike hob den Arm. »Ich helfe euch. Kann ja schlecht zulassen, dass unsere zwei Turteltauben hier in Flammen aufgehen. Das dürfen sie gerne im Bett machen, aber nicht draußen in der Kälte. Der nächste Festtagsbraten darf gerne eine Ente werden. Nichts für ungut, ihr zwei Süßen.«

Jo rollte mit den Augen. War ja klar, dass da ein Spruch folgte. Trotzdem war sie ihm dankbar für die Unterstützung.

Jo blickte aus dem Fenster. Die aufziehenden Wolken kündeten einen Schneesturm an. Eine tiefe Decke aus schwer beladenen Wolken schob sich am Horizont auf die Insel zu. Da steckte eine große Portion Schnee drin.

Keine Viertelstunde später begannen die ersten Flocken zu fallen. In kürzester Zeit bedeckte eine weiße Schicht die gesamte Insel. In der Dunkelheit leuchtete der Boden hell auf.

Der Rundgang dürfte kalt und nass werden, überlegte Jo.

Sie machten sich bereit, dem Wetter zu trotzen, zogen sich warm an und steckten die Funkgeräte ein.

Spike behielt das Dorf im Auge, während sie beide um das Areal ihrem Weg folgten.

Die Sicht war stark getrübt. Sie konnten kaum drei Meter weit sehen.

»Wenigstens erschwert die Witterung das Legen von Brandsätzen«, rief Jo gegen den Wind an.

»Ja, hoffen wir mal, dass es dem Idioten zu ungemütlich ist, vor die Tür zu gehen.«

Sie stapften weiter und leuchteten mit Stabtaschenlampen den Weg ab.

Jos Nacken kribbelte.

»Ich kann nichts erkennen, aber ich habe wieder dieses ungute Gefühl, beobachtet zu werden. Das macht mir langsam Angst.«

Sie sah sich nach allen Seiten um, konnte durch den Schnee jedoch niemanden ausmachen.

Wenig später entdeckten sie Fußspuren auf dem Pfad.

Sie hatte sich also nicht getäuscht. Ein eiskalter Schauer durchzog sie. Das wurde einfach nur unheimlich.

Sie standen mitten in der Wallapampa und um sie herum tobte der Schneesturm. Die Spur musste ganz frisch sein, sonst hätte der Schnee sie bereits verdeckt.

Sie waren hier draußen nicht allein.

Mit der Taschenlampe suchten sie die Umgebung ab.

Bewegte sich da was hinter der Düne?

»Hey!«, rief Jo laut einer Eingebung folgend in die weiße Schneeflut.

Der Schatten richtete sich auf und lief im nächsten Moment davon.

»Verflucht, da ist er!«, rief Jo und machte Anstalten, ihm hinterherzulaufen.

Sie wurde gerade noch am Arm festgehalten.

»Das ist *keine* gute Idee, ihm halb blind hinterherzulaufen. Wir können nicht sicher sein, ihm in eine Falle zu tappen. Das wäre hier draußen fatal. Komm, wir folgen ihm langsamer. Sicherlich führt seine Spur ihn nach Hause und wir finden heraus, wer dieser Penner ist.«

Jo nickte. Das war definitiv ein besserer Plan, als kopflos hinter ihm her zu hechten.

Sie machten sich auf den Weg, immer mit Blick auf die Umgebung.

Die Fußspuren würden ihn verraten. Entkommen konnte er ihnen nicht.

Zumindest dann nicht, musste Jo mit knirschenden Zähnen eingestehen, wenn der Schnee nicht schneller war und die Abdrücke verdeckte, bis sie nicht mehr zu sehen waren.

»Komm, wir müssen einen Zahn zulegen«, trieb sie ihn an. »Sonst verlieren wir ihn.«

Es half nichts.

Nach ein paar hundert Metern verlor sich die Spur. Eine glatte Schicht Schnee erstreckte sich vor ihnen. Unmöglich zu sagen, wohin der Unbekannte gelaufen sein könnte.

Jo ärgerte sich. Sie schäumte vor Wut. Am liebsten hätte sie ihm ordentlich den Kopf gewaschen für den Mist, den er ihnen bescherte.

Wenig später erreichten sie das Dorf.

Spike empfing sie draußen an der Tür zur Aula mit einer halb herunter gebrannten Zigarette im Mundwinkel.

Sie berichteten ihm kurz von ihrem Erlebnis und traten durchgefroren ein. Sie mussten sich dringend erst mal aufwärmen.

Die übrige Nacht verlief ereignislos.

Sie deckten den Frühstückstisch und bereiteten das Essen vor.

Wenig später saßen alle am Tisch und unterhielten sich angeregt über die letzte Nacht.

Müde von der langen Nachtschicht verabschiedeten sie sich und gingen kurze Zeit später schlafen. Da Jo nicht alleine schlafen wollte, legten sie sich beide in sein Bett. Eng umschlungen schliefen sie bald ein.

ZWÖLF

Jo erwachte mit steifen Gliedern. Jedes Gelenk protestierte gegen die Bewegungen, zu der sie ihren Körper zwang. Sie brauchte dringend eine heiße Dusche.

»Guten Morgen, Schönheit«, raunte er ihr verschlafen ins Ohr und küsste sie auf den Hinterkopf. »Gut geschlafen?«

Jo verzog das Gesicht. »Um ehrlich zu sein, nicht besonders. Es liegt nicht an dir. Der ganze Mist sitzt mir nur tierisch in den Knochen. Ich brauche dringend eine heiße Dusche. Willst du mit?« Sie drehte sich zu ihm und gab ihm einen Kuss.

»Aber immer doch.« Er sah sie breit grinsend an.

Jo musste lachen.

Das dürfte eine längere Dusche werden.

Eine Unmenge an Wasserverbrauch später hatten sie sich angezogen und waren startklar für den Tag.

Oder den Nachmittag, wie Jo mit Blick auf ihre Armbanduhr korrigierte.

Draußen lag eine dicke, weiße Decke. Die wenigen Kinder spielten ausgelassen herum, bauten lustige Schneemänner mit Karottennasen und bewarfen sich mit Schneekugeln.

Jo erfreute sich an der harmlosen und ungezwungenen Szenerie. Wie sorglos die Kleinen spielten. Ob sie auch irgendwann Eigene haben würde? Sie hatte bisher nie ernsthaft darüber nachgedacht.

Die Eltern riefen die tobende Bande zum Essen und wenig später wurde es wieder still um sie herum. Sie saßen jetzt bestimmt alle artig am Tisch und genossen ihr frühes Abendessen.

Die Dämmerung brach an.

Aus dem Augenwinkel bemerkte Jo eine Gestalt, wie sie sich um eine Hauswand drückte.

Sie runzelte die Stirn und stupste ihren Freund an.

»Hast du das gerade auch gesehen?«

Er folgte ihrem Blick.

»Nein, aber ich sehe mal nach. Wenn das dein Arschlochstalker ist, kann der was erleben!«

Er stapfte los. Unsicher, was sie machen sollte, brachte Jo ihre inzwischen eiskalte Kaffeetasse zurück in die Küche. Sie ging wieder raus, zog die Tür hinter sich zu, schloss die Haustür ab und folgte ihm um die nächste Hausecke. Sie konnte gerade noch erkennen, wie er in Richtung Hafen verschwand.

Was hatte er vor? Verfolgte er den Mann etwa auf das Boot da vorne?

Mit Erschrecken stellte sie fest, dass er soeben heimlich das Boot betrat. Im nächsten Moment startete der Motor und es legte ab. Das war jetzt nicht sein Ernst, oder? Jo beschlich eine böse Vorahnung. Das war keine gute Idee.

Oh verflucht!

Jo eilte im Laufschritt zum Haupthaus und brüllte in die offene Tür der Aula, dass sie sofort Verstärkung am Hafen brauchte.

Keine Antwort abwartend rannte sie zum Hafen und löste die Tampen vom Schnellboot, das für eine Wasserrettung bereitstand.

Das Boot voraus hatte zügig Fahrt aufgenommen und war bereits einige Meilen weit aufs offene Meer unterwegs.

Jos Herz schlug ihr bis zum Hals. Sie hielt sich das Fernglas vor die Augen, das in einem Schott griffbereit lag und versuchte zu erkennen, was auf dem Boot vor sich ging.

Ihr Freund wurde gerade entdeckt. Er setzte sich gegen jemanden zur Wehr.

Oh Gott!

Sie musste aus der Entfernung hilflos zusehen, wie er niederge-schlagen wurde. Zu Boden ging.

Im nächsten Augenblick gefror ihr das Blut in den Adern.

Er ging über Bord, wurde eiskalt über die Reling geworfen. In den sicheren Tod. Elendiger *Drecksack*! Wenn Jo den Irren zwischen die Finger bekam, dann Gnade ihm Gott.

Fahr schneller!

Sie drückte den Gashebel auf volle Fahrt nach vorne, fixierte ihn weiter mit dem Fernglas, um seine Position im Wasser nicht aus den Augen zu verlieren. In seiner schwarzen Jacke war er von der Was-seroberfläche kaum zu unterscheiden. Sie konnte ihn gerade noch erkennen.

Es fühlte sich wie eine verdammte Ewigkeit an, bis sie ihn endlich erreichte. Sie stoppte das Boot. Kurz bevor sie ihn greifen konnte, versank er unter die Wasseroberfläche.

Ohne groß darüber nachzudenken warf sie einen Rettungsring, der an einer Leine hing, ins Wasser.

Sie sprang kopfüber in die eisigen Fluten, versuchte tauchend nach ihm zu greifen. Tausende von Nadeln stachen ihr ins ungeschützte Fleisch. Nasse Eiseskälte umgab sie, versuchte sie, mit sich in die Tiefe zu ziehen. Es gelang ihr anfangs nicht, ihn unter Wasser zu finden. Sie brauchte einige Anläufe, um ihn zu fassen zu bekommen.

Sein schwerer Körper zog sie beide in die Tiefe.

Er rührte sich nicht.

Verdammt. Nein!

Es kostete Jo all ihre innewohnende Kraft, ihre beiden Leiber, schwer vom Wasser, an die Wasseroberfläche zu ziehen. Sie schob den Ring unter seinen Körper und zog ihn im Rettungsgriff ans Heck des Bootes.

Mit zitternden Händen griff sie nach der Heckleiter und kletterte hoch. Sie hatte keine Ahnung, woher sie noch die Energie nahm, ihn ebenfalls aus dem Wasser zu ziehen. Sie fielen beide in den Fußraum, triefend nass in ihrer dicken Winterkleidung. Schwer wie Blei.

Jo drehte ihn auf den Rücken und riss seine Jacke auf. Ihren Kopf auf seine Brust gelegt lauschte sie nach seinem Herzen.

Nichts.

Das einzige Herz, das rasend war, war ihr eigenes. Es dröhnte in ihren Ohren. Jo schossen Tränen hoch. Da war *nichts*!

Sie begann mit der Wiederbelebung.

Ihr Körper erinnerte sich an das Training, spulte im Autopiloten immer wieder die gleichen Abläufe einer Wasserrettung ab.

Die Dämmerung war vorbei, die Sonne hinterm Horizont untergegangen. Eisiger Wind frischte auf.

Jo war bis auf die Knochen durchgefroren und befand sich in einem Tunnel, voll und ganz auf ihn konzentriert.

»Mach schon!«, rief sie ihm zu. »Atme, verdammt! Mach schon! Ich lasse nicht zu, dass du gehst. Atme, Junge! Atme!«

Die Zeit dehnte sich aus, sie verlor jeden Bezug zur Realität.

Nein, nicht so.

Sie hatte ihn doch gerade erst gefunden. Sie durfte nicht zulassen, dass er jetzt von ihr ging. Nein! Sie hämmerte wie besessen auf seinen Brustkorb ein.

Verzweifelt und vor Angst rasend machte sie weiter. Ihre Glieder spürte sie nicht mehr.

Sie gefror innerlich, ihr Herz drohte, mit seinem zusammen stehen zu bleiben.

Der Tod sah ihr über die Schulter. Freute sich auf die nächste arme Seele, die er mitnehmen konnte.

Sie konnte nicht sagen, wie lange sie alleine auf See waren.

Irgendwann spürte sie eine Hand auf ihrer Schulter.

»Jo, wir übernehmen hier. Zieh dir was Warmes an. Du bist schon ganz blau. Los. Auf drei löse ich dich ab. Eins, zwei, drei!«

Jo wurde von hinten gepackt, weggerissen und in eine Fleece Decke gehüllt.

Sie starrte mit leerem Blick auf ihn und konnte keine Worte finden. Ihr Körper zitterte wie Espenlaub, unfähig zu realisieren, was gerade passierte. Sie stand unter Schock.

Sah den Männern zu, wie sie die Reanimation fortsetzten. Konzentriert und voll bei der Sache.

Jo wurde auf den Arm genommen und an den Kutter, der an dem Schnellboot angemacht hatte, übergeben.

Der Kapitän, der Ladenbesitzer, wie sie vage mitbekam, nahm sie in Empfang und brachte sie unter Deck.

Taub starrte sie aus dem Bullauge. Verfolgte mit den Blicken die Szenerie, die sich auf dem Schnellboot ereignete. Es ging alles so schnell. Wie konnte das nur passieren? Von jetzt auf gleich wurde ihre Gefühlswelt mit ihm auf den Kopf gestellt. Sie verliebte sich – und dann das.

»Wir haben Ihn zurück! Ich habe einen Puls,«, rief einer der Retter.

Um Jo wurde es dunkel. Sie verlor das Bewusstsein und sackte in sich zusammen.

DREIZEHN

hr seid mir ein paar Klaps-Kalis. Also wirklich. Was habt ihr euch dabei gedacht?«

Jo öffnete langsam die Augen. Dick umwickelt in unzählige Decken eingepackt trugen die Kameraden sie von Bord und in ihr Bungalow.

»Wo ist ...« Weiter kam sie nicht.

»Alles gut, Mädchen, deinem Herzblatt geht es den Umständen entsprechend gut. War eine knappe Nummer, aber du hast ihm den Arsch gerettet. Hast du gut gemacht. Und jetzt lass uns das mal machen. Tau wieder auf, erhol dich und schlaf dich ordentlich aus.«

Sie legten sie auf ihr Bett und deckten sie mit der zehnten Lage Wolle zu.

Es ging ihm gut. Erleichterung ließ sie aufatmen.

Im nächsten Moment war sie vor Erschöpfung eingeschlafen.

Hitze ließ sie hochschrecken. Es war furchtbar heiß um sie herum. Sie wachte aus allen Poren schwitzend auf und öffnete die Augen.

Sie brauchte einen Moment, um zu begreifen, was vorgefallen war. Schicht um Schicht befreite sie sich aus den Decken, bis sie ihre eigene Haut wieder sehen konnte.

War noch alles da, wo es hinsollte, und in der richtigen Farbe? Zehen, Fingerspitzen, andere Gliedmaßen?

Erleichtert atmete sie auf. Sah alles normal aus, von der leicht geröteten Färbung einmal abgesehen.

Okay, ab unter die Dusche und schnell zu den Jungs. Nachsehen, wie es dem Mann ihres Herzens ging. Sie konnte noch gar nicht begreifen, was da gestern für ein Film abgelaufen war. Völlig ab der Realität. Sie kam sich vor wie in einer anderen Welt.

Nach dem Duschen zog sie sich warm an und ging rüber ins angrenzende Haus.

Vor der Tür wurde sie von Spike in Empfang genommen.

»Na, Eiskönigin, wieder unter den Lebenden?«

Jo schnaubte. Ihr fehlte heute der Sinn für Witze.

»Wie geht es ihm? Ist er okay?«

Er nickte knapp, hatte wohl verstanden, dass sie nicht für Späße zu haben war.

»Er liegt im ersten Zimmer auf der linken Seite. Is' meine Bude. Die Jungs und ich haben uns die Nacht um die Ohren gehauen, um ihn zu überwachen. Hat geschlafen wie ein Stein, aber mit Puls. Also alles jut. Der Knabe wird schon wieder werden.«

Den letzten Satz bekam Jo schon fast nicht mehr mit.

Nachdem sie die Information, wo sie ihn finden konnte, bekommen hatte, machte sie sich bereits auf den Weg.

Sie öffnete die Zimmertür und eine Tonne Last fiel ihr von den Schultern, als sie in seine Augen blickte.

Er sah sie an und lächelte.

»Guten Morgen, Schönheit. Wie ich hörte, hast du mir das Leben gerettet.«

Jo lief zu ihm und fiel ihm um den Hals. Tränen rannen ihr über die Wangen.

»Mach so einen Scheiß nie wieder, hast du das verstanden?«

Ein kehliges Lachen vibrierte in seiner Brust.

»Versprochen. Wird nicht wieder vorkommen.«

Er zog sie an sich und hielt sie mit seinen Armen ganz fest an sich gedrückt.

»Ich liebe dich, Jo. Ich liebe dich, seit ich dich das erste Mal gesehen hab.«

Jo fehlten die Worte. Sie hielt sich an ihm fest, nicht bereit, sich jemals wieder aus seinem Arm zu lösen.

Sie schloss die Augen und schickte ein Stoßgebet nach oben.

Danke für dieses Wunder. Danke.

EPILOG

Man kann euch auch keine zwei Wochen alleine irgendwo hinfahren lassen!«

Ihr Wehrführer schimpfte wie ein Rohrspatz und drückte Jo gleichermaßen fest an sich zur Begrüßung. »Ich fasse es nicht, was ihr da erlebt habt. Himmel! Ich musste mich erst mal setzen, als mir die Geschichte zu Ohren gekommen ist. Was macht ihr nur für Sachen! Ich lass nie wieder einen meiner Leute auf eine der Inseln. Sonst stehe ich hier irgendwann alleine da.«

Jo musste lachen.

»Ach komm. Wir haben es doch geschafft. Und den Täter, der uns den ganzen Mist eingebrockt hat, haben wir auch geschnappt.«

Ihr Häuptling löste sich von Jo und schlug ihrem Freund auf die Schulter.

»Schön, dass du wohlauf bist. Man, man, man. Ich fass das ja nicht.«

Nachdem sich die Aufregung ein wenig gelegt hatte, wurde klar, wer für die Anschläge verantwortlich war.

Der Enkel des Ladenbesitzers wurde von einem der Gäste wiedererkannt, wie er zum Boot eilte und Jos Freund konnte ihn durch die Begegnung an Deck ebenfalls identifizieren.

Nachdem die Polizei ihn in die Mangel genommen hatte, fiel er wie ein Kartenhaus in sich zusammen und gestand die Zündelei, das Nachstellen Jo gegenüber und die Taten mit dem Kaffee und das Ablegen des toten Vogels aus Eifersucht. Dabei beteuerte er jedoch, dass er den Vogel so gefunden hätte. Er wäre gegen die Hauswand geflogen und hätte sich dabei wohl den Hals gebrochen.

Jo war sich nicht sicher, ob das der Wahrheit entsprach, wollte jedoch nicht weiter darüber nachdenken müssen.

In den Kaffee hatte dieser Vollidiot Entkalker gekippt. Er wollte damit seinen Nebenbuhler außer Gefecht setzen.

Zu dumm, dass er nicht auf den Gedanken gekommen war, dass Jo auch eine Kaffeetrinkerin war. Das war ein Schuss ins Knie gewesen.

Sie schüttelte ungläubig den Kopf.

Wenigstens waren die übrigen Tage nach der ganzen Aufregung entspannt verlaufen, ohne weitere Zwischenfälle.

Jos Gedanken wanderten zurück in die Zeit nach dem ganzen Trubel. Die Silvesternacht war einfach nur traumhaft schön verlaufen. Sie hatte aus der Ferne an der gesamten Nordseeküste die Raketen in voller Farbenpracht bewundern und aufsteigen sehen können.

Es war ein buntes Lichtermeer aus Tausend und einer Nacht gewesen.

Um Mitternacht waren Jo und ihr Freund auf einer Düne im Schnee gesessen und hatten sich innig geküsst.

Auf ein wunderbares neues Jahr!

-Ende-